L'atelier du grand Verrocchio

**Catalogage avant publication de Bibliothèque
et Archives nationales du Québec
et Bibliothèque et Archives Canada**

Legault, Matthieu, 1983-
Leonardo
Sommaire: t. 1. L'atelier du grand Verrocchio.
Pour les jeunes.
ISBN 978-2-89585-089-2 (v. 1)
1. Léonard, de Vinci, 1452-1519 - Romans, nouvelles, etc. pour la jeunesse.
I. Titre. II. Titre: L'atelier du grand Verrocchio.
PS8623.E466L46 2011   jC843'.6   C2011-941100-8
PS9623.E466L46 2011

Illustration : Sybiline

Les Éditeurs réunis bénéficient du soutien financier de la SODEC
et du Programme de crédit d'impôt du gouvernement du Québec.

Nous remercions le Conseil des Arts du Canada
de l'aide accordée à notre programme de publication.

Nous reconnaissons l'aide financière du gouvernement du Canada
par l'entremise du Fonds du livre du Canada pour nos activités d'édition.

Édition :
LES ÉDITEURS RÉUNIS
www.lesediteursreunis.com

Distribution au Canada :
PROLOGUE
www.prologue.ca

Distribution en Europe :
DNM
www.librairieduquebec.fr

 Suivez Les Éditeurs réunis sur Facebook.

Imprimé au Canada

Dépôt légal : 2011
Bibliothèque et Archives nationales du Québec
Bibliothèque nationale du Canada
Bibliothèque nationale de France

Matthieu Legault

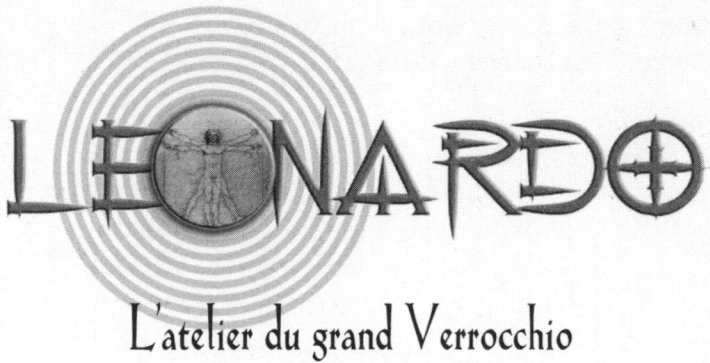

LEONARDO

L'atelier du grand Verrocchio

LES ÉDITEURS RÉUNIS

Dans la série
LEONARDO

Pour Anne et Luc…
Merci pour votre aide précieuse.

1
Un oiseau de mauvais augure ?

Une seule question venait à l'esprit du jeune Leonardo en cet instant déterminant : combien de personnes assisteraient à ses funérailles ? Chose certaine, elles seraient nombreuses. Si, pour sa part, il n'avait pas beaucoup d'amis, son père, lui, n'en manquait pas. En effet, Leonardo était le fils illégitime du chancelier et ambassadeur de la République florentine. Un homme tel que Piero Antonio da Vinci était fort entouré. Le jeune homme de quinze ans en venait donc à la conclusion que, dans l'éventualité de sa mort, tout Florence pleurerait sa perte ou, du moins, ferait semblant. Toutefois, lorsqu'on désirait vivre selon ses convictions, il fallait savoir prendre des risques. C'était pour cela que Leonardo da Vinci se trouvait au sommet de la basilique Santa Croce, en ce samedi matin pour le moins frisquet.

Au loin, le soleil commençait paresseusement à se lever. Aujourd'hui, Leonardo comptait effectuer une expérience particulièrement dangereuse. L'inventeur aurait sans hésitation laissé sa place à un volontaire, mais la présente opération devait rester secrète. La raison en était bien simple : si elle venait à être découverte, personne ne le laisserait se lancer du toit de la basilique à bord de son engin de fortune. Celui-ci avait été baptisé *Aves 2*, ce qui signifiait *Oiseau 2* en italien. L'appareil avait été conçu dans le but ultime de voler, et Leonardo espérait ne pas avoir à construire un Aves 3 avant d'atteindre son objectif. Malheureusement, par le passé, la majeure partie de ses inventions avait connu un triste destin. Le jeune Italien n'était pas du genre à se laisser décourager et s'était donc rapidement remis à l'œuvre après la destruction du premier appareil. Après quatre mois de travail, Leonardo était sur le point de faire une nouvelle tentative.

Réussir à quitter la maison sans se faire voir puis emporter l'appareil en pièces détachées jusqu'au sommet du toit de la basilique n'avait pas été chose facile pour l'inventeur. Malgré tout, la pire étape restait à venir. Leonardo devait encore abaisser le levier qui enclencherait la descente infernale. Dès l'abaissement de ce levier, l'appareil suivrait le rail de la structure en bois que Leonardo avait érigée à même la toiture de la basilique. Cette structure était conçue pour guider l'Aves 2 dans une descente parfaitement droite. L'inclinaison abrupte du toit et le poids de l'appareil devaient permettre à celui-ci d'atteindre une vitesse adéquate avant la chute libre. Si tout se déroulait comme prévu, lorsque l'engin quitterait le toit, il entamerait un vol inoubliable au-dessus de la ville de Florence. Dans le cas contraire, la mort attendait inévitablement le passager des dizaines de mètres plus bas.

Le garçon avait choisi la basilique pour deux bonnes raisons. La première concernait bien entendu la hauteur impressionnante du bâtiment ; la deuxième, mais non la moindre, avait trait à la proximité du fleuve Arno. Dans l'éventualité probable d'une quelconque anomalie durant le vol, Leonardo pouvait espérer finir sa course dans l'eau du fleuve. Cette option n'était possible que si l'appareil réussissait à franchir les deux cents mètres qui séparaient la basilique de la rive du fleuve Arno.

Mais avant toute chose, une dernière inspection des commandes s'imposait. Leonardo ne laissait jamais rien au hasard. C'est la raison pour laquelle l'engin volant avait été fabriqué en bois de pin parasol. L'inventeur avait choisi ce matériau pour diverses raisons, parmi lesquelles sa légèreté et sa flexibilité. L'invention ne pesait guère plus que l'adolescent lui-même.

Leonardo sortit de son havresac en daim – offert par sa grand-mère quelques années plus tôt – l'un de ses carnets de réflexion, dans lequel il avait noté les procédures à suivre avant le décollage. En tout premier lieu, l'inventeur devait vérifier l'ensemble de la structure de l'Aves 2. Tout semblait en ordre de ce côté; l'assemblage avait été effectué parfaitement et les toiles étaient disposées convenablement. Dans un souci de légèreté, Leonardo avait conçu les ailes de l'engin avec un squelette en bois recouvert d'une toile en cuir. Le cuir avait l'avantage d'être beaucoup plus léger que le bois et offrait une meilleure résistance à l'air qu'une toile en lin. Ne jamais rien laisser au hasard, telle était la devise du jeune génie. Désormais, il ne restait qu'à vérifier le fonctionnement des ailes. Aux pieds de Leonardo se trouvait un système de pédales. Ce système ingénieux permettait, lorsque le pilote pédalait, de transmettre la force vers un dispositif qui actionnait le battement des ailes. Leonardo pédala donc à une bonne cadence pour s'assurer que le

système marchait. Les ailes s'activèrent et fendirent l'air dans un mouvement répétitif.

— Excellent ! s'exclama le jeune homme, fort satisfait du résultat.

Toutefois, le fait que les ailes avaient répondu aux commandes n'assurait pas pour autant que l'appareil volerait bien. Le moment de vérité était arrivé.

— Aujourd'hui, Leo, tu deviendras célèbre ! dit l'inventeur à voix haute.

Leonardo n'avait pas tout à fait tort quant à son affirmation. Le jeune casse-cou abaissa le levier et l'engin entama sa descente. Leonardo se mit aussitôt à pédaler. L'opération fut considérablement plus difficile que prévu. L'air imposait, au niveau des ailes, une résistance beaucoup plus forte qu'escompté. Les pédales refusèrent rapidement de fonctionner lorsque l'appareil prit de la vitesse sur le rail. L'inventeur dirigea donc toute son attention sur la manivelle de contrôle de l'aileron arrière, l'unique moyen directionnel de l'engin. L'Aves 2 se détacha du rail comme prévu. Étonnamment, l'appareil semblait voler. Leonardo poussa un cri de joie à réveiller les morts. L'engin parcourut en quelques secondes les deux cents mètres qui le séparaient de la rive. Le pilote tourna la manivelle vers la droite, forçant l'appareil à suivre la rive.

La vue aérienne de Florence était époustouflante. Au loin, environ à un kilomètre, se dressait au-dessus du fleuve l'impressionnante structure du pont Vecchio. Son reflet miroitant à la surface de l'eau était de toute beauté. La construction de pierre datant de plus de cent vingt ans ne servait pas uniquement à la traversée du fleuve. Le pont comportait plusieurs étages dans lesquels on trouvait toutes sortes de boutiques : il y avait des tanneurs, des bouchers ainsi que de nombreux tripiers. L'odeur qui régnait sur les lieux n'était pas très invitante.

L'Aves 2 se tenait à une hauteur d'environ cinquante mètres ; toutefois, cette altitude se réduisait chaque seconde. Malgré les apparences, l'appareil ne volait pas : il se contentait de planer. La différence était bien distincte. S'il avait volé, il n'aurait pas été condamné à l'écrasement quelques minutes à peine après son décollage. L'appareil fit un survol rapproché du pont Vecchio. Selon les estimations du pilote, l'appareil avait maintenant parcouru environ un kilomètre. En jetant un œil rapide au sol, Leonardo se rendit compte que sa présence dans les airs n'était pas passée inaperçue. Les regards se tournaient vers le bolide avec surprise et incompréhension. À ce moment glorieux, un bruit inquiétant détourna l'attention de Leonardo. La toile de l'aile gauche venait de se déchirer et l'air qui la traversait agrandissait la faille à vue d'œil. Les choses n'auraient pas été si critiques si l'engin avait maintenu sa position au-dessus du fleuve. Toutefois, la déficience de l'aile causait une inclinaison vers la gauche. De ce fait, l'Aves 2 se dirigeait à toute vitesse en plein centre du quartier de l'Oltrarno. Le seul choix qui s'offrait au pilote était sans nul doute un atterrissage forcé dans la cour de la basilique Santo Spirito. C'était l'endroit le plus dégagé des environs. Malgré sa prévoyance habituelle, Leonardo n'avait guère songé à l'atterrissage, car son but avait toujours été de finir sa course dans le fleuve Arno. Il n'avait jamais imaginé devoir se poser au beau milieu d'un quartier de Florence. Il tourna donc la manivelle dans la position qu'il jugea

adéquate. Quand l'engin piqua du nez, le pilote fit une dernière prière…

Le père Antoine de Médicis était aux anges ce matin. Son réseau de contacts s'était montré très fructueux récemment. L'homme d'Église venait d'une famille pour le moins influente de Florence. En effet, les Médicis possédaient des membres dans toutes les affiliations potentiellement influentes de la ville. Certains étaient banquiers, d'autres, politiciens, et plusieurs, comme le père de Médicis, faisaient partie du clergé. Grâce à l'homme d'Église, la basilique allait dorénavant compter une œuvre du grand Donatello. Le sculpteur étant mort tout récemment, l'œuvre en question n'en serait que plus prestigieuse au pied de la basilique. Les ouvriers s'affairaient toujours à l'installer au centre de la grande cour circulaire. Certes, cette œuvre n'était pas la plus connue de l'artiste, mais tout de même. Les prêtres de Santo Spirito s'étaient tous réunis à l'extérieur pour assister à l'inauguration historique.

— Voilà ! s'exclama joyeusement l'un des ouvriers.

La sculpture de marbre, représentant une icône de la religion catholique, était enfin installée. Les résidents de la basilique contemplèrent dans un silence recueilli l'incroyable réalisation.

— Elle est magnifique, déclara l'un des prêtres, la larme à l'œil.

— Cher père de Médicis, dit un autre, vous avez contribué une fois de plus à la renommée de notre basilique.

L'homme d'Église sourit, satisfait de ces éloges qui lui revenaient de droit.

Leonardo fonçait toujours droit vers la basilique à bord de sa dangereuse invention. Une fraction de seconde avant de heurter un obstacle, Leonardo entrevit plusieurs prêtres qui l'observaient avec frayeur. L'engin volant explosa littéralement en heurtant la sculpture de marbre qui se dressait sur son chemin. Par chance, Leonardo fut projeté hors de l'appareil et termina sa course en roulant dans la pelouse. Un cri d'horreur se fit aussitôt entendre, provenant de la bouche du père de Médicis, suivi de près par des déclarations peu catholiques. L'inventeur se leva et jeta un œil en direction du lieu de l'écrasement. Il ne restait plus grand-chose de son bolide ainsi que de la sculpture qui avait trôné là quelques secondes plus tôt. Leonardo n'y était pour rien ; après tout, cette œuvre n'était pas là auparavant. Le garçon ramassa son béret de velours vert olive qui gisait sur le sol. Après une inspection rapide, il constata qu'il avait déchiré ses chausses – une sorte de paire de collants commune au style vestimentaire florentin. L'atterrissage s'était donc plutôt bien déroulé, car Leonardo s'en sortait sans aucune blessure sérieuse.

Un vieil homme chauve vêtu d'une longue tunique noire approchait, armé d'un regard fulminant.

— Pardonnez-moi pour toute cette agitation, père de Médicis, lança Leonardo.

Puis il tourna les talons avec la ferme intention de fuir l'endroit au plus vite, car l'ecclésiastique était une

vieille et déplaisante connaissance. Mais la tentative de fuite du jeune homme fut vaine, car les ouvriers qui avaient installé la sculpture s'emparèrent de lui.

— Pas si vite, p'tit morveux ! éclata l'un d'eux, dont Leonardo trouva l'haleine affreusement forte.

Les ouvriers qui étaient tous pour le moins crasseux agrippèrent fermement le vandale tombé du ciel. Le père de Médicis, dans une rage exponentielle, rejoignit le groupe.

— Leonardo, aboya-t-il férocement, une fois encore vous avez démoli une œuvre inestimable d'un maître florentin !

— Toujours les grands mots, mon père, déclara Leonardo avec un léger sourire. De qui était cette sculpture ?

— Donatello ! rugit le père de Médicis.

Leonardo blanchit d'un seul coup. Cette fois, il n'avait pas fait les choses à moitié.

Leonardo était enfermé dans une petite pièce de la basilique depuis bientôt deux heures. Il n'avait pas perdu son temps, car dès son arrivée il avait aussitôt empoigné son carnet de notes pour l'enrichir de sa dernière expérience. Le jeune casse-cou songeait déjà à sa prochaine machine. Il avait en tête certaines améliorations qui permettraient à l'Aves 3 de surpasser son prédécesseur. Le garçon avait passé la première heure de son confinement à relater en détail son expérience de vol, et la deuxième à réaliser les croquis d'un nouvel engin. Si quelqu'un avait du sang-froid en ce monde, c'était bien Leonardo. Après tout, ce n'était pas la première fois qu'il se retrouvait dans un tel pétrin, et ce ne serait sûrement pas la dernière.

L'endroit n'était pas désagréable. Leonardo trouvait même l'ambiance de la basilique appropriée à la réflexion. Il ne profitait pas d'un tel silence à la maison à cause de ses frères et sœurs. Le couvent possédait même un grand nombre d'ouvrages littéraires de toutes sortes, légués par l'écrivain Giovanni Boccaccio après sa mort. Leonardo aurait très certainement parcouru cette bibliothèque avec intérêt, mais compte tenu de la situation tendue entre lui et le père de Médicis, la chose n'était guère envisageable.

La porte de la pièce s'ouvrit enfin. L'homme d'Église entra, suivi de près par Piero Antonio, le père de Leonardo. Ce n'était pas la première fois qu'une telle scène se produisait. Il y avait eu, entre autres, l'incident du canon à air et l'échec de la charrette sans chevaux. Par un malheureux hasard, l'adolescent avait fini sa course à proximité de la basilique Santo Spirito à maintes reprises.

— Bonjour, papa! dit le vandale sans quitter des yeux ses notes.

Heureusement que Piero Antonio était un homme important en Italie, sinon Leonardo aurait fort probablement terminé ses jours dans un cachot. Il aurait même pu être exécuté. Leonardo leva le regard sur les deux hommes. Le père de Médicis semblait avoir repris ses esprits, il souriait même. Piero Antonio avait sûrement dédommagé généreusement celui-ci pour la sculpture pratiquement démolie.

Furieux, Piero lança :

— Ne m'adresse pas la parole. Tu es la honte de la famille !

Leonardo haussa les épaules avec indifférence.

— J'ai toujours affirmé que je ne serais reconnu pour mon talent qu'après ma mort, souffla Leonardo en détournant les yeux de façon méprisante.

— Continuez de la même manière et cela pourrait bien arriver plus tôt que prévu ! énonça froidement le dirigeant de la basilique.

— Voulez-vous dire que je pourrais être reconnu de mon vivant ? demanda Leonardo en simulant la surprise. Je suis vraiment flatté par la considération que vous m'accordez.

Le père de Médicis fusilla du regard le jeune inventeur, mais s'abstint de tout commentaire devant Piero Antonio.

Ce dernier s'adressa sur un ton sévère à Leonardo :

— Nous rentrons. Prends tes affaires.

L'homme rondelet sortit de la pièce sans plus attendre, laissant son fils en compagnie du père de Médicis. Le garçon prit ses carnets et se leva.

— Votre père ne sera peut-être pas toujours là pour venir à votre secours, chuchota l'homme d'Église à l'oreille de Leonardo à son passage devant lui.

2
Une mesure draconienne

Le moment était venu : Piero Antonio devait annoncer à Leonardo l'avenir qui l'attendait. Mais tout d'abord, il devait commencer par trouver son fils.

— Où est Leo ? questionna-t-il en traversant la grande cuisine de la commune da Vinci.

Lucia, la mère de Piero, leva les yeux de son petit-déjeuner pour dévisager son fils en sueur.

— Probablement dans sa chambre, déclara-t-elle tranquillement.

— Ça m'aide beaucoup, répliqua froidement Piero. Laquelle de ses chambres ?

La demeure de l'ambassadeur était particulièrement vaste. Le père de Leonardo aimait étaler sa richesse, et sa résidence en était l'exemple parfait. Elle était lourdement décorée et comptait un nombre incalculable de pièces. Depuis quelques années, l'Italie avait connu une réelle évolution artistique. Cette évolution n'avait pas échappé à l'œil du grand collectionneur qu'était Piero Antonio. La maison regorgeait donc d'objets suivant de près la mode en vogue. Les murs étaient entièrement tapissés de toiles aux lourds cadres en bois sculpté. L'univers qui tournait autour de Piero se devait d'être grandiose. Cependant, l'ampleur gargantuesque de la demeure devenait fort peu commode lorsqu'on y cherchait quelqu'un, surtout pour une personne à la silhouette rondelette comme Piero Antonio.

— Alors, personne n'a vu Leonardo ? cria Piero.

— Dans la cour ! répondit l'un des frères du garçon qui se trouvait au salon.

— Il doit probablement nous préparer un autre sale coup, grogna l'ambassadeur en quittant la pièce.

Lucia n'aimait guère la façon dont Piero traitait son fils. Dans la famille da Vinci, Lucia était celle qui estimait le plus Leonardo. Elle voyait en lui le potentiel d'un grand artiste. La grand-mère du jeune homme était convaincue d'une chose : un grand avenir attendait son petit-fils, du moins s'il ne se tuait pas à bord de l'une de ses machines infernales. Quelques années auparavant, Lucia lui avait appris quelques techniques de dessin. Maintenant, l'adolescent la surpassait. Leonardo était un garçon qui apprenait incroyablement vite, lorsqu'il le voulait bien. Il était têtu et n'aimait pas se faire imposer quoi que ce soit. Il allait bien lui manquer lorsqu'il ne serait plus là.

Piero fulminait en parcourant la cour. Il voyait au loin son fils œuvrer à l'une de ses mystérieuses créations. C'était toujours un présage de destruction, selon le père de l'enfant. Leonardo avait érigé une sorte de cheminée en pierre qui se dressait à plus de cinq mètres. « Espérons qu'il n'a pas mis la main sur de la poudre noire », songea l'homme.

Piero se demandait comment son fils avait bien pu construire cette structure aussi rapidement. Le garçon avait manifestement du talent, mais il ne l'utilisait pas à bon escient.

— Leonardo! s'écria-t-il en rejoignant son fils. Nous avons à parler.

L'interpellé tourna vers son père un sourire triomphant. Curieusement, il tenait un poulet embroché à la main.

— Tu as toujours adoré le poulet sur le feu, pas vrai ?

Décidément, Leonardo était assez imprévisible.

Piero Antonio dévisagea son fils. Ce dernier reprit :

— En fait, tu aimes tout ce qui se mange. Alors regarde bien !

L'ambassadeur de la République florentine fronça les sourcils, offusqué par cette incontestable vérité. Leonardo s'approcha de l'énorme cheminée en pierre dont la forme rappelait celle d'une bouteille. Il installa la brochette sur un support dans la cheminée, situé à environ soixante centimètres du sol. Lorsqu'elle fut correctement mise en place, l'inventeur s'éloigna. Il revint rapidement avec un objet conique entre les mains. Piero se contentait d'observer. Il savait pertinemment que son fils n'écouterait rien tant qu'il n'aurait pas fait sa présentation. Le garçon brandit l'objet devant son père.

— Tu m'ennuies, Leonardo, soupira l'homme d'un air fatigué. Vas-tu me dire ce dont il s'agit ?

— C'est une bûche combustible, faite à partir d'un mélange de tourbe séchée, de bois, de cire d'abeille et d'un combustible que j'ai obtenu à partir des rebuts de production de l'huile d'olive.

— Une bûche comestible, c'est ça ? questionna Piero, perplexe.

— Combustible, corrigea Leonardo. Regarde plutôt.

Leonardo déposa la bûche dans la cheminée et sortit un briquet rudimentaire, constitué d'une pièce d'acier solide et d'un morceau de silex taillé. Lorsque le silex, pierre siliceuse particulièrement dure, entrait en contact avec l'acier, cela produisait une gerbe d'étincelles. Il ne fallut que quelques secondes à la bûche pour s'enflammer entièrement.

— Je dois avouer que c'est plutôt pratique, cette bûche, affirma Piero Antonio, surpris. Cependant, quel est le rapport avec le poulet ?

— Attends un peu, papa, dit Leonardo, les yeux braqués sur le poulet au-dessus du feu.

Piero contemplait lui aussi la scène, mais sans trop d'intérêt. D'un seul coup, la broche se mit à tourner comme par magie. Piero enleva son béret, dévoilant ainsi sa calvitie avancée. Il pencha la tête pour mieux observer le processus, qui piquait sa curiosité.

— Comment fais-tu tourner le poulet tout seul ? interrogea le spectateur désormais fort attentif.

— Très simple. Un mécanisme dans la cheminée utilise la chaleur du feu pour faire tourner la broche.

Leonardo désigna de l'index le sommet de la cheminée.

— Il y a une hélice à l'intérieur qui tourne sous l'effet de la chaleur. Donc, tant que le feu sera assez dense, la broche tournera.

— Il faudrait commercialiser cette invention, fiston, déclara le père avec de l'enthousiasme dans la voix.

Un sifflement aigu se fit entendre en provenance de la cheminée, ce qui attira immédiatement l'attention des deux da Vinci. Leonardo se jeta immédiatement sur son père et le fit tomber durement au sol. La bûche combustible explosa en emportant avec elle une large section de la cheminée. La structure de pierre s'écroula comme un arbre abattu à quelques mètres de Leonardo et de son père. Piero se releva difficilement. Sa luxueuse tenue de velours était couverte de suie.

— Je n'aurais pas dû ajouter de la poudre noire au mélange de la bûche, avoua Leonardo en se remettant debout à son tour. Mais je ne croyais pas qu'il y en avait suffisamment pour que ça explose.

Les traits de Piero étaient déformés par la rage. Leonardo n'avait décidément qu'un seul talent, celui de tout démolir.

— J'en ai assez, Leonardo ! éclata le père, furieux. Demain, tu quittes la maison !

— Les cours ne recommencent que dans deux semaines, protesta Leonardo, ébranlé.

Leonardo suivait des cours durant l'année à Florence; il vivait alors dans une résidence pour étudiants. La demeure da Vinci était située en bordure de Florence, mais il était plus simple pour Leonardo de demeurer près de son école pendant l'année scolaire.

— Tu ne retournes pas à ton école cette année, informa sévèrement Piero Antonio. Sais-tu qui est Andrea Verrocchio?

Leonardo connaissait très bien le grand Verrocchio, qui était un maître avéré dans plusieurs domaines artistiques. Andrea était, sans nul doute, l'un des hommes les plus influents du monde artistique italien.

— Bien sûr, répondit Leonardo. Pourquoi me demandes-tu cela?

— Je me suis entretenu longuement avec lui récemment. Depuis la mort de Donatello, Andrea Verrocchio a pris conscience de l'importance de bâtir une relève solide aux grands maîtres. Il a donc décidé de former plusieurs nouveaux apprentis cette année. Je lui ai montré tes dessins et il a accepté de te prendre à sa charge. Tu vas te rendre à son atelier dès demain.

— Il n'en est pas question, protesta Leonardo, mécontent.

— Tu vas profiter de cette occasion, Leonardo. C'est une formation hors pair et une possibilité de carrière intéressante. Il est temps que tu penses à l'avenir sérieusement. Je t'annonce que tu ne reviendras pas à la maison après cette formation. Tu devras te débrouiller seul!

Leonardo était sans voix. Quelle sévère punition pour une banale explosion ! Probablement que le dernier accident à la basilique Santo Spirito n'avait pas aidé sa cause…

— Je n'ai aucune envie de travailler sur des projets qui ne sont pas les miens, déclara l'adolescent, furieux.

— Tu n'auras pas le choix, Leonardo. La vie, c'est comme ça. Maintenant, rentre à la maison et fais tes bagages !

Leonardo ramassa son havresac qui traînait par terre et se dirigea vers la résidence.

— Très bien, grogna le garçon. Au moins, là-bas, je n'aurai pas à supporter ta présence.

— Un plaisir que nous aurons en commun, souffla le père en regardant son fils s'éloigner.

Piero serra les dents. Il n'avait aucune facilité avec Leonardo. Le garçon avait un fort caractère, qu'il n'avait pas hérité de lui. Il tenait ce vilain défaut de Caterina, sa mère. En fait, c'était la raison de la rupture de Piero avec celle-ci ; la mère du jeune homme était tout sauf une femme reposante. Leonardo avait encore beaucoup à apprendre de la vie. Avec de la chance, la formation à l'atelier de Verrocchio lui permettrait d'acquérir un peu de maturité. Andrea Verrocchio aurait peut-être plus de contrôle sur Leonardo qu'il n'en avait lui-même.

Leonardo avait quitté la maison tôt en matinée, bagages à la main. Il devait rencontrer un dénommé Sandro Botticelli, qui lui ferait visiter l'atelier. Leonardo s'était permis une petite escale chez un libraire de Florence. Le jeune passionné de littérature n'hésitait pas à affirmer qu'il vivait à une époque grandiose. Depuis l'invention du procédé d'imprimerie par Johannes Gutenberg en 1450, les ouvrages de littérature étaient beaucoup plus accessibles. Ce domaine avait connu une étonnante révolution. Par le passé, les livres étaient transcrits à la main par des membres du clergé, qui étaient les seuls capables de maîtriser les méthodes d'écriture. Quelques années auparavant, les œuvres de littérature étaient réservées aux grandes universités. L'arrivée de l'imprimerie avait permis à tous, d'une certaine manière, d'accéder à la connaissance, ce que la présence de Leonardo dans la librairie prouvait. Son rendez-vous avec Botticelli n'était que dans une heure. Il pouvait donc aisément prendre le temps d'inspecter les nouveaux arrivages.

Leonardo trouva enfin l'œuvre qu'il cherchait : il s'agissait du *Devisement du monde* de Marco Polo. Le garçon découvrit également un ouvrage sur le monde animal. Leonardo s'intéressait de près à tout ce qui touchait la nature pour plusieurs raisons. Il admirait la beauté du monde vaste et complexe qu'était la vie sur terre. De plus, il savait que la réussite de ses inventions dépendait pour beaucoup de ses connaissances de la nature. Il était convaincu que la solution à son rêve de voler se trouvait dans l'anatomie des oiseaux et de certains insectes. Les réponses à toutes les grandes questions se trouvaient devant nos yeux, il ne restait qu'à apprendre à les interpréter. Après avoir payé le libraire, Leonardo se remit en route. Il avait soigneusement rangé ses achats dans son havresac de cuir.

Sa marche le conduisit à proximité de la cathédrale Santa Maria del Fiore. Celle-ci possédait la plus grande coupole du monde, la coupole du Duomo, érigée par le grand architecte Filippo Brunelleschi. Toutefois, puisque ce bâtiment faisait partie du quotidien de Leonardo, il n'y fit guère attention. L'atelier n'était plus très loin, il se trouvait à quelques rues au nord de la cathédrale. Les passants étaient nombreux ce matin. Les différentes boutiques commençaient à ouvrir.

— Hé, Leonardo! cria une voix inconnue parmi les piétons devant lui.

L'interpellé scruta les alentours sans succès jusqu'à ce que la voix se fasse réentendre.

— Regarde ce que j'ai ici! lança un adolescent de l'autre côté de la rue.

Le garçon affichait un sourire à la dentition parfaite. Il tenait entre ses mains deux livres que l'inventeur reconnut tout de suite. Il s'agissait des deux ouvrages qu'il venait à peine d'acheter. Leonardo plongea la main dans son sac : en effet, ses livres n'y étaient plus. Le voleur était vêtu humblement ; il portait une veste beige aux manches amples ainsi que des chausses de la même couleur – rien à voir avec l'accoutrement complexe qu'avait revêtu Leonardo ce jour-là. Ses cheveux, légèrement roux, étaient rassemblés en une queue de cheval derrière sa tête, une coiffure qui n'était pas à la mode à cette époque.

Le garçon tourna les talons et fuit parmi la foule. Leonardo hésita une fraction de seconde, car courir après ce bandit le mettrait sûrement en retard. Après avoir pesé le pour et le contre, il se lança à la poursuite du malfaiteur. Compte tenu de la situation, Sandro Botticelli lui pardonnerait certainement ce retard justifié, se dit-il. Ce que l'adolescent ignorait encore, c'est que Botticelli n'avait pas le pardon facile.

Le voleur courait particulièrement vite. Était-ce ses bottes qui lui permettaient de se mouvoir si aisément ? Les souliers à bec de canne de Leonardo faisaient peut-être distingués, mais ils n'avaient pas été conçus pour courir. De plus, Leonardo portait un bagage particulièrement chargé. L'intention du voleur était limpide : il voulait le faire galoper dans les rues. Le vol n'était pas l'unique dessein du jeune maraudeur, sinon il ne lui aurait pas montré les livres, sans compter qu'il savait son prénom.

Un doute assaillit le jeune da Vinci. Et si ce garçon voulait lui tendre un piège ? Après tout, Leonardo était le fils d'un homme très influent. Il était possible que Piero Antonio se soit fait des ennemis à Florence avec les années. Ce voleur professionnel avait peut-être été engagé par une personne aux intentions malignes. Leonardo n'écartait pas non plus la possibilité qu'il s'agisse d'un coup du père de Médicis. L'homme d'Église avait été subtil dans ses propos, mais ses intentions étaient bien claires. Il ne serait guère étonnant que ce membre de la famille de Médicis ait décidé de faire disparaître le jeune Leonardo. À Florence, il ne fallait pas se mettre à dos certaines familles, parmi lesquelles figurait cette dernière. Les valeurs familiales étaient profondément ancrées chez les Italiens. De ce fait, certaines familles s'unissaient pour former des réseaux très puissants ; parmi elles arrivaient en tête de liste les Pazzi, les Albizzi et les Alberti.

Leonardo ralentit sa course. Le voleur venait de pénétrer dans une étroite ruelle. Tout cela sentait le guet-apens. La meilleure manière de surprendre le lascar était de contourner le quartier et de rejoindre la ruelle par son autre accès. Si le voleur comptait réellement lui tendre un piège, il s'arrêterait probablement en cours de route pour l'attendre. Leonardo s'exécuta et il ne lui fallut que trois minutes pour rejoindre l'entrée opposée. Une déception le mina toutefois : la ruelle semblait déserte. Le garçon lui avait échappé.

— Ce n'est pas vrai ! s'exclama Leonardo, abasourdi.

Il s'engagea dans la ruelle d'un pas lourd. C'était le parcours le plus rapide pour gagner l'atelier. La journée serait probablement très longue, compte tenu de la manière dont elle avait commencé. Il était déjà couvert de sueur et ses pieds lui faisaient un mal de chien. L'inventeur avait parcouru la moitié de la ruelle lorsqu'une voix attira son attention.

— Hé, Leo ! hurla-t-on en provenance du ciel.

Leonardo leva les yeux. Il aperçut le voleur hissé au sommet du bâtiment le plus proche. La silhouette du garçon était athlétique, elle ne se comparait en rien à celle de Leonardo. Celui-ci n'aurait jamais réussi à grimper aussi haut en si peu de temps.

— Salut ! lança le jeune homme avec un sourire amical. Je m'appelle Vito Pazzi. Tu devrais être un peu plus sur tes gardes, mon gars ! Après tout, tu entres à l'atelier Verrocchio aujourd'hui.

— Redonne-moi mes livres, se contenta de répondre Leonardo.

Étonnamment, le jeune voleur lui lança les deux bouquins, qui s'aplatirent contre le sol à quelques mètres de Leonardo.

— J'ai mis ma carte à l'intérieur de l'un des ouvrages. Compte tenu de ton nouveau statut d'étudiant à l'atelier, tu risques d'avoir besoin de mes services un jour ou l'autre.

Leonardo ramassa ses livres. Les couvertures s'étaient légèrement abîmées à l'atterrissage.

— Qu'est-ce que c'est censé vouloir dire ? interrogea Leonardo en dévisageant son interlocuteur.

— Tu vas entrer dans un monde très compétitif. Tu vas rapidement comprendre comment fonctionnent les choses ici. Les gens sont prêts à tout dans ce milieu et, pour être dans la course, il vaut mieux être bien informé.

— D'accord, mais que viens-tu faire dans tout ça ?

— Oh, plein de choses, Leo. Je suis très polyvalent dans mon métier. Il m'arrive d'être informateur, voleur, enquêteur et, comme aujourd'hui, « retardateur ».

Leonardo fronça les sourcils.

— « Retardateur » ? questionna-t-il, perplexe.

— En effet, répondit Vito en souriant. Je devais m'assurer que tu n'arriverais pas à l'heure à l'atelier. La ponctualité est très importante pour monsieur Verrocchio.

C'était mission accomplie pour Vito, car Leonardo n'arriverait jamais à temps à son rendez-vous avec Sandro Botticelli.

— Sans rancune, j'espère? demanda sur un ton sincère Vito. Le boulot, c'est le boulot!

Leonardo ne s'attarda pas plus longtemps, il avait déjà perdu assez de temps. Cette poursuite l'avait beaucoup éloigné de l'atelier. En courant sans s'arrêter, il pouvait espérer rejoindre l'atelier en une vingtaine de minutes.

3
Arrogant jusqu'aux dents

Après un rallye essoufflant dans les rues de Florence, Leonardo rejoignit l'atelier. L'établissement était particulièrement impressionnant. En effet, il s'étendait sur plus de deux cents mètres de diamètre, soit l'équivalent d'un grand pâté de maisons. Mais cela n'était guère étonnant, compte tenu de la diversité des disciplines offertes à l'atelier. Leonardo avait déjà visité l'endroit à maintes reprises par le passé. Il avait même déjà rencontré brièvement son futur professeur, Andrea Verrocchio. En arrivant à proximité de l'atelier, il n'eut guère de difficulté à repérer Sandro Botticelli. Le jeune homme en toge noire examinait la foule d'un regard impatient.

Après que l'inventeur se fut présenté, Sandro Botticelli lui dit sèchement :

— Vous êtes en retard, da Vinci.

— J'ai eu quelques ennuis avec un voleur, expliqua Leonardo, essoufflé.

— Je m'en fiche éperdument, énonça Botticelli d'un air glacial.

Cette réplique brusque surprit l'inventeur. Il était plutôt rare qu'on lui parle de la sorte. Après tout, il était le fils de l'ambassadeur. De toute évidence, Sandro ne portait pas dans son cœur le nouvel étudiant. L'atelier était bel et bien un endroit de compétition, la façon dont Sandro lui parlait le démontrait parfaitement.

— Ainsi, c'est vous qui me ferez visiter l'atelier, Sandro, dit Leonardo pour reprendre la conversation.

L'étudiant de deuxième cycle dévisagea son interlocuteur d'un regard hautain. Décidément, Leonardo n'aimait pas ce grand gaillard aux cheveux blonds bouclés et au visage fin. Il semblait certes fort distingué, mais ce n'était qu'un présomptueux, à l'avis du nouvel arrivant.

— Appelez-moi Botticelli, corrigea le jeune homme mécontent. Je réserve Sandro aux amis, ce que vous ne risquez pas d'être.

— Très bien, répondit Leonardo, nous sommes donc d'accord.

Botticelli inspecta son vis-à-vis de la tête aux pieds d'un air découragé. Le garçon dépassait Leonardo d'une tête. Ce dernier se trouva soudainement bien petit.

— Attends-moi ici, ordonna Botticelli, le tutoyant soudainement, avant de pénétrer à l'intérieur du bâtiment par la grande porte principale.

Il ressortit rapidement avec un étrange sourire au visage. Il tenait à la main une toge noire, semblable à celle qu'il portait lui-même.

— Bon, je n'ai pas l'habitude de faire des fleurs aux gens. Alors compte-toi bien chanceux, da Vinci. Voilà ta toge, ce vêtement est obligatoire à l'atelier. Maintenant, trouve-toi un endroit pour te changer.

— Pourrais-je me changer dans ma chambre? s'enquit Leonardo en fronçant les sourcils.

— Sûrement pas. Personne dans l'atelier ne doit te voir habillé de la sorte. Regarde-toi, avec tes vêtements en velours impeccables, il est clair que tu es le fils d'un riche.

— Et alors?

— Alors, expliqua Botticelli, ton statut social importe peu. Ici, tous commencent au bas de l'échelle. Mais si les autres étudiants se rendent compte que tu es un fils de riche, alors ils t'en feront baver encore plus. Je compte bien t'en faire baver moi-même, da Vinci, alors ne va pas empirer les choses.

— D'accord, acquiesça Leonardo. Je reviens dans quelques minutes.

— Ne me fais pas attendre cette fois, gronda l'autre en regardant Leonardo s'éloigner.

Il n'avait pas été facile de trouver un endroit pour se changer, mais Leonardo avait réussi à emprunter l'arrière-boutique d'un boulanger. Toutefois, il avait dû faire l'achat de trois miches de pain en échange. La toge noire qu'il venait d'enfiler était particulièrement inconfortable et sans aucune personnalité. Au moins, les miches de pain semblaient tout à fait délicieuses. C'était une mince consolation en cette mauvaise journée, pensa-t-il.

Au retour de Leonardo à l'atelier, Botticelli ne semblait guère de meilleure humeur.

— Monsieur a fait des emplettes ? questionna-t-il en pointant les miches de pain.

— Fais-moi plaisir, tais-toi un peu, lança l'inventeur. Ton histoire m'a coûté de l'argent de poche.

— Tu ne dois pas en manquer ! rigola l'étudiant. Bon, assez papoté, je vais te faire visiter un peu l'endroit. Après, je te montrerai ta chambre où tu pourras aller te cacher.

— Excellent ! Il me tarde d'y être.

Leonardo suivit son guide dans les différentes parties de l'atelier Verrocchio. L'endroit était conçu de façon à optimiser sa productivité. Le bâtiment avait été construit autour d'une large cour intérieure. Il y avait à l'atelier bon nombre d'ouvrages qui devaient être effectués à l'extérieur, comme les travaux à la forge et la ferronnerie. Andrea Verrocchio avait donc opté pour une grande cour à l'intérieur même de son atelier. Cette particularité permettait aux artisans d'œuvrer à leurs tâches extérieures en toute tranquillité, hors de la vue des passants. Leonardo et son guide entrèrent dans la première pièce, près de l'entrée. C'était la salle dédiée à la faïence. Il s'agissait d'une nouvelle technique qui consistait à couvrir d'émail à base d'étain la poterie d'argile, ce qui lui donnait un aspect blanc et brillant. L'effet était particulièrement recherché, car il était rudement plus attrayant qu'un banal vase en terre cuite. Dans cette partie de l'atelier étaient donc conçus des matériaux à base de terre cuite, du vase décoratif à la vaisselle de mariage.

— Le domaine de la terre cuite est certes fascinant, dit Botticelli, mais il ne permet sûrement pas de se forger un nom.

Sandro avait parlé à haute voix de façon à être entendu des artisans. Cependant, pas un seul d'entre eux ne quitta des yeux sa besogne. Le jeune homme fit un clin d'œil à Leonardo.

— As-tu vu cette concentration ? C'est ahurissant !

— C'est ahurissant aussi que personne ne t'ait encore assassiné dans ton sommeil, répliqua Leonardo en observant les occupants de la pièce.

— Bon, passons maintenant à un domaine tout à fait différent, annonça Botticelli.

Les deux garçons marchèrent jusqu'à la pièce suivante. Au centre de cette salle, il y avait plusieurs artisans qui opéraient une machine à tisser.

— C'est ici que sont conçus les étoffes, les rideaux ainsi que les vêtements de fête. C'est un domaine très prolifique pour l'atelier, mais je dois avouer qu'il m'ennuie complètement.

Leonardo garda le silence, même s'il partageait les mêmes sentiments que Sandro à l'égard du métier de tisserand.

— Voyons quelque chose de plus intéressant, cria presque Botticelli pour être sûr d'être bien entendu.

Décidément, Sandro était un jeune homme tout à fait désagréable. En suivant son guide, l'inventeur songea que celui-ci lui avait volontairement remis une toge trop grande. Leonardo devait la soulever pour ne pas marcher dessus, opération difficile compte tenu des bagages qu'il transportait. Botticelli ne tentait nullement de dissimuler son amusement. Toute cette visite aurait été beaucoup plus agréable si l'adolescent avait pu déposer ses valises dans sa chambre, ce que Sandro ne savait que trop bien. Les deux garçons firent leur entrée dans la cour intérieure. Ils furent momentanément éblouis par la lumière du jour qui baignait les lieux. La cour était d'une grandeur impressionnante et encerclée par la barricade que formait la structure de l'atelier.

— À ta gauche, commença Sandro, toute cette partie de l'atelier est dédiée à la forge et à la fonderie. Vois-tu les petits bâtiments de pierre en bordure de l'édifice ?

Leonardo observa les lieux avec attention. Il y avait, en effet, deux petites constructions de pierre en face de cette section. Des dizaines de travailleurs s'affairaient à couler le bronze, à façonner des pièces diverses ainsi qu'à alimenter les foyers à l'aide de soufflets. La température semblait infernale à voir les ouvriers qui suaient à grosses gouttes.

— Oui, confirma Leonardo. De quoi s'agit-il ?

— Ce sont nos fours. Ils servent à durcir les moules destinés à la conception des sculptures de bronze.

— De quelle manière faites-vous les moules ? interrogea Leonardo, intrigué.

Le jeune da Vinci avait souvent contemplé des sculptures à Florence en se questionnant sur leur méthode de fabrication.

— Les sculpteurs débutent en taillant un modèle généralement dans de la cire, expliqua Botticelli, qu'ils enduisent ensuite de plusieurs couches d'un mélange d'argile et de crottin. Après cela, ils mettent la pièce au four. Sous l'effet de la chaleur, l'argile se solidifie et la cire coule hors du moule.

Leonardo hocha la tête pour montrer que l'explication était satisfaisante.

— Après, continua le guide, il ne reste qu'à couler le bronze à l'intérieur du moule.

— C'est intéressant, signifia Leonardo, les yeux rivés sur les forges.

— Bien sûr, il y a plusieurs autres méthodes. L'artiste peut toujours décider de la manière de procéder. Les étapes de la conception du modèle de cire ainsi que le moulage avec l'argile sont réalisées à l'intérieur. Sinon la cire fondrait sous l'effet du soleil. De plus, l'argile a une fâcheuse tendance à craquer lorsqu'elle est exposée directement aux rayons du soleil.

— Je vois que cette section de l'atelier semble divisée en deux grandes parties. À quoi est dédiée la deuxième portion ? questionna Leonardo en désignant du doigt l'endroit.

— Il est consacré à la fabrication des armures et des épées. Au fait, da Vinci, comment te défends-tu à l'épée ?

Leonardo tourna un regard légèrement perplexe vers son interlocuteur. Sandro affichait un sourire vantard.

— Je me défends assez bien, car je suis des cours d'escrime depuis l'âge de sept ans. Ce n'est pas que ce sport me passionne, mais mon père y tient.

— Excellent! s'exclama Botticelli. Nous pourrions nous entraîner ensemble. L'escrime n'est pas au programme des cours de l'atelier.

— Pourquoi pas? répondit Leonardo sans trop de conviction.

— Bon, tu vois le bâtiment au fond de la cour?

Il y avait un édifice rattaché à l'atelier. Cependant, cette construction était beaucoup plus élevée que l'ensemble du bâtiment. Elle possédait plus de quatre étages et était chapeautée d'un dôme de fer imposant.

— Oui, répondit Leonardo en contemplant la coupole au sommet du dôme.

— C'est le bâtiment où se trouvent les chambres des étudiants. Andrea Verrocchio réside dans la coupole au sommet. Je te montrerai ta chambre plus tard; pour l'instant, retournons à l'intérieur.

Leonardo suivit Botticelli. Après un moment, ce dernier reprit:

— Toute la partie droite de l'atelier est consacrée à la gravure sur métaux et à la peinture à l'huile. Pour ma part, j'œuvre surtout à la conception de toiles. Pour l'instant, mon nom ne figure pas sur les toiles auxquelles je travaille. Comme c'est le cas pour la plupart des étudiants, je signe du nom de l'atelier. Alors, dis-moi, dans quel domaine penses-tu te consacrer, da Vinci ?

— J'aimerais toucher un peu à tout, avoua Leonardo bien franchement.

— Très mauvaise idée. Tu devrais plutôt te concentrer sur un seul domaine. J'ai regardé quelques-uns de tes dessins et j'y ai décelé plusieurs lacunes. Je crois que ton principal défaut est de vouloir justement tout maîtriser. Tu parviendras probablement à y arriver, mais tu ne risques pas de surpasser tes maîtres. À mon avis, bien médiocre est l'élève qui ne dépasse pas son maître.

Leonardo avait pris très difficilement les derniers propos de son guide. Qui était Sandro Botticelli pour juger de la qualité de son travail ?

— Qu'est-ce que tu reproches à mes dessins au juste ? interrogea Leonardo, sur la défensive.

— Tu maîtrises mal les perspectives et tu ne t'appliques pas assez. En quelques mots, je crois que tu es paresseux. De toute façon, monsieur Verrocchio te le dira sans nul doute. Bon, passons à ma section préférée, celle des modèles !

L'inventeur avait beaucoup de difficulté à se contrôler. La critique avait toujours été son point faible, surtout lorsqu'elle était fondée. Il était vrai que parfois Leonardo ne s'appliquait pas assez ; il pouvait même se lasser d'un projet avant de le conclure. De très vilains défauts que le jeune homme tentait souvent de camoufler.

— Elles sont adorables, déclara Botticelli simplement.

— Qui donc? demanda Leonardo en suivant avec difficulté son guide.

— Les filles qui servent de modèles, voyons! répliqua Sandro en souriant. Elles représentent l'un des éléments les plus agréables de l'atelier. Lorsqu'on pratique les techniques de peinture, il nous faut des modèles. L'atelier en dispose en permanence, autant masculins que féminins.

Botticelli s'arrêta net de marcher. Leonardo ne put l'éviter et heurta son dos. Sandro n'en fit pas d'histoires et tourna son regard vers son compagnon.

— J'ai une préférence pour les modèles féminins, avoua-t-il, car il est beaucoup plus agréable de travailler avec eux.

— J'imagine, répondit Leonardo succinctement.

Botticelli pénétra dans une pièce où une dizaine d'étudiants s'exécutaient à la peinture à l'huile. À l'avant de la classe, assise sur un siège en bois, se trouvait une ravissante adolescente à la chevelure brune. Elle tenait une couverture qui dissimulait ses parties intimes. Leonardo comprit ce que Botticelli voulait dire lorsqu'il parlait de sa préférence pour les modèles féminins. De toute sa vie, il devait bien avouer qu'il n'avait jamais vu une aussi belle femme. Ses yeux d'un vert profond étaient des plus énigmatiques. Sa peau semblait douce comme la soie, sans la moindre imperfection. L'inventeur en vint même à penser qu'il était presque injuste que tant de beauté se retrouve dans la même personne. Sa présence à l'atelier n'avait rien d'étonnant, Andrea Verrocchio était réputé pour être très rigoureux dans sa sélection de modèles. Il recherchait la crème de la crème, les modèles les plus beaux de toute l'Italie. Cette splendide jeune femme était un modèle idéal pour les élèves en formation. En effet, plus le sujet était gracieux, plus il était difficile de le reproduire fidèlement. L'inconnue tourna les yeux vers Leonardo, mais n'en fit pas plus. Son travail consistait à ne pas bouger et elle ne comptait pas déroger à la règle.

— C'est Vera de Marsala, dit Botticelli, l'une des plus ravissantes filles de l'atelier. Elle est vraiment trop agréable à peindre.

Leonardo trouva cette dernière phrase assez amusante, mais ne le fit pas voir. Il ne comptait pas rire des blagues de Botticelli, car cela ferait sûrement trop plaisir à celui-ci. Un léger malaise saisit Leonardo en explorant la salle des yeux. Les étudiants de l'atelier étaient tous très talentueux. Bien plus que lui-même, se dit-il. De l'autre côté de la pièce, Andrea Verrocchio passait d'une toile à l'autre en observant attentivement le travail des artistes. Le maître leva les yeux vers le duo et salua d'un signe de la main le nouvel arrivant. Leonardo s'empressa de le saluer à son tour. Il faillit presque laisser tomber l'un de ses bagages. Andrea portait la même toge noire que les élèves. Contrairement à Sandro, il n'y avait pas un zeste de prétention dans le regard du professeur. Botticelli regarda d'un œil méprisant l'une des toiles avant de revenir vers Leonardo.

— Bon! Je vais te montrer ta chambre, da Vinci, déclara-t-il en sortant de la pièce.

Leonardo jeta un coup d'œil rapide au travail de quelques élèves, puis regarda une dernière fois Vera avant de quitter la pièce. La jeune femme n'avait pas bougé d'un cheveu.

— Tu vas partager ta chambre avec Lorenzo, annonça Sandro en retournant dans la cour extérieure.

— Lorenzo? s'étonna Leonardo en rattrapant tant bien que mal son guide.

— Lorenzo di Credi est un petit morveux de neuf ans. Toutefois, c'est un morveux incroyablement doué et talentueux pour son âge. Il succédera sûrement à monsieur Verrocchio un jour. C'est l'enfant prodige de l'atelier.

Sandro Botticelli avait une étrange manière de faire des éloges. Leonardo se dit qu'il ne pouvait espérer mieux d'un garçon tel que lui. Avec un peu de chance, peut-être qu'ils réussiraient à s'entendre, mais Leonardo en doutait fortement.

4
Une première nuit bien étrange

Après le couvre-feu, la nuit était particulièrement tranquille à l'atelier. La règle était bien claire : après vingt et une heures, il ne devait plus y avoir un seul bruit. Leonardo finirait sûrement par s'adapter, mais pour l'instant il n'avait pas sommeil. En général, il ne se couchait qu'aux petites heures du matin. Aujourd'hui, les nouveaux arrivants n'avaient pas eu de classe. Ils devaient occuper leur première journée à s'installer. De cette façon, demain tous les élèves seraient prêts à entamer leur formation. À ce qu'avait entendu Leonardo, Andrea Verrocchio n'acceptait aucune excuse : tous devaient être présents et aptes à travailler dès le premier cours.

La chambre n'était pas très spacieuse – environ quatre mètres sur quatre mètres. De plus, l'ameublement était très sommaire. Comme prévu, il partageait la pièce avec Lorenzo di Credi. Le garçon s'était montré beaucoup plus accueillant que l'avait été Sandro Botticelli. Leonardo devait avouer qu'il n'avait jamais rencontré de gamin aussi motivé. Lorenzo ne semblait vivre que pour l'art, rien d'autre ne comptait pour lui. Pour l'instant, il dormait à poings fermés sur la couchette voisine.

La vue était agréable de la fenêtre de la chambre, car celle-ci donnait sur la cour intérieure, déserte à cette heure. L'ensemble de l'atelier formait une sorte de muraille rectangulaire autour de la cour. La ville dormait paisiblement sous les yeux de l'inventeur. Les fours des ateliers de forge refroidissaient encore. La braise rougeoyait toujours dans les foyers qui servaient à la fabrication des épées et des armures.

Le jeune da Vinci retourna vers son lit. Le meilleur moyen de trouver le sommeil était sans nul doute la lecture à la chandelle. Il sortit de son havresac le livre de Marco Polo qu'il avait acheté le matin même. Leonardo rêvait de voyages incroyables, il espérait vivre de grandes aventures comme l'auteur. Lui aussi voulait voir la Chine qui, à l'époque de Marco Polo, était sous le règne de Kubilaï Khan, petit-fils du grand Gengis Khan.

L'inventeur prit place sur sa couchette et se mit à la lecture de *Devisement du monde*. Il s'était tranché un généreux morceau de pain qu'il avait déposé sur sa table de chevet miniature. Il appréciait beaucoup sa collation, car le repas à l'atelier s'était révélé très peu ragoûtant. Le garçon provenant d'une famille fortunée n'aurait guère d'autre choix que de s'adapter à ce changement abrupt d'alimentation. Son souper s'était résumé à un potage de légumes et à du vin de piètre qualité, rien de comparable aux repas divins qui étaient servis à la résidence da Vinci. De la viande figurait aussi au menu, mais Leonardo était végétarien. Une chose était certaine, il retournerait souvent chez ce boulanger expérimenté pendant son séjour à l'atelier. L'homme lui avait expliqué qu'il mélangeait des épices à la farine, ce qui donnait à son pain un goût bien particulier. Le résultat était tout à fait délicieux.

— *Alla prima*, c'est à mon avis une excellente technique, dit Lorenzo qui dormait sur le lit voisin.

Leonardo jeta un œil déconcerté vers son compagnon. Ce garçon était vraiment un phénomène : même dans son sommeil il songeait à la peinture à l'huile ! *Alla prima* était une technique de mélange de couleurs très utilisée. Elle consistait à mélanger les couleurs directement sur la toile, ce qui donnait un effet intéressant.

Dans la soirée, Leonardo avait exploré l'atelier. Lors de sa visite en solitaire, loin de Sandro Botticelli, il avait pu admirer les œuvres de Lorenzo. Comme le lui avait dit son guide, à sa manière bien sûr, le jeune garçon était un véritable prodige. Leonardo savait qu'il devrait travailler d'arrache-pied pour égaler le savoir-faire de son copain de chambre, si cela était même possible.

L'adolescent se replongea dans son livre ; l'endroit n'était décidément pas idéal pour la concentration.

Soudain, Lorenzo sortit de son lit et quitta la pièce.

— Hum ! souffla Leonardo en regardant la porte se refermer.

En plus de parler dans son sommeil, Lorenzo était somnambule. Leonardo ferma son livre. Tout cela l'intriguait ; il décida de suivre le jeune di Credi. Il chaussa rapidement ses galoches et sortit à son tour de la pièce. En pointant le nez à l'extérieur de la chambre, Leonardo vit le somnambule tourner à gauche au fond du couloir. Cette direction menait aux escaliers. L'inventeur se lança à la poursuite de son compagnon avec autant de subtilité que le lui permettaient ses galoches aux semelles de bois. Le bâtiment de l'atelier comptait quatre étages et logeait environ une quarantaine d'étudiants ainsi que les membres du personnel. En ce qui concernait les artistes ayant achevé leur formation à l'atelier, ils avaient pour la plupart un appartement à Florence. Il n'y avait que les étudiants et les modèles qui logeaient à l'atelier. L'hébergement était gratuit, mais les occupants n'étaient pas rémunérés pour leur travail pendant leur formation. Lorsqu'un étudiant achevait sa formation, il avait le choix de rester auprès de Verrocchio ou d'ouvrir son propre atelier. La deuxième option était celle que Leonardo favorisait car il voulait être son propre patron.

L'inventeur rejoignit l'escalier à vis, un escalier tournant en spirale autour d'une large colonne de pierre. Cette architecture était très répandue à Florence. Le somnambule descendait les marches sans même les regarder, le regard complètement absent. «Il faudrait que je demande à Lorenzo s'il s'est déjà blessé durant ses aventures nocturnes», pensa Leonardo. Ce dernier s'engagea à son tour dans l'escalier de pierre. La filature de Lorenzo le mena finalement jusqu'à la cour de l'atelier.

À première vue, l'endroit semblait toujours désert. Cependant, quelqu'un s'y trouvait puisque Leonardo entendit :

— Bien le bonsoir !

Leonardo reconnut immédiatement la voix : c'était celle de Vito Pazzi, le voleur. Il détourna les yeux du jeune Lorenzo qui entrait dans la salle où on pratiquait la peinture à l'huile. Vito était confortablement installé au sommet d'un des fours à argile. Il dégustait tranquillement une alléchante collation constituée de tranches de pomme et de morceaux de fromage. Leonardo s'approcha du four, intrigué par la présence du lascar entre les murs de l'atelier.

— Qu'est-ce que tu fais ici ?

— Je fais de la surveillance, annonça Vito avec un sourire ravi. Andrea m'a payé pour une semaine. Je crois qu'il veut garder un œil sur les nouveaux arrivants. Il y a plus de dix nouveaux qui sont débarqués aujourd'hui.

— As-tu dépouillé chacun d'entre eux ? questionna Leonardo sur un ton hostile.

— N'en fais pas une affaire personnelle, dit Vito en sautant en bas du four. Je t'ai redonné tes livres après tout. Tu sais quoi ? Pour dix florins, je te révélerai même le nom de celui qui m'a payé pour faire le coup.

— Dix florins ! s'indigna l'inventeur. C'est cher payé !

— L'information en vaut le prix, crois-moi, certifia Vito d'un air assuré. En plus, généralement je ne vends pas ce genre d'information.

— Pourquoi ferais-tu une exception ?

— Le service n'était pas suffisamment payé.

Leonardo se décida après une brève réflexion.

— C'est d'accord pour dix florins. Attends-moi ici, je vais aller chercher l'argent dans ma chambre.

— Ce n'est pas la peine. Je savais que tu accepterais ma proposition. Je me suis servi dans ta bourse il y a une heure.

— J'étais dans ma chambre, il y a une heure! s'étonna Leonardo. Ma bourse était posée sur ma commode.

— En effet, dit le maraudeur en souriant.

Vito Pazzi était un voleur de talent, il fallait le reconnaître. Leonardo ne doutait pas un seul instant qu'il lui avait dérobé les dix florins sous le nez. Malgré tout, il n'arrivait pas à lui en vouloir, car le garçon lui était sympathique.

— Alors, qui t'a payé, Vito? interrogea l'inventeur.

— C'est Sandro Botticelli. Il m'a donné quinze florins. Je dois avouer que je ne l'ai jamais vraiment aimé, mais il a du talent, ce salopard.

— Et lui qui m'a reproché mon retard! s'écria Leonardo.

— Chut! s'exclama le jeune escroc en plaçant un doigt devant sa bouche. Tu seras privé de repas si tu te fais prendre après le couvre-feu.

Leonardo n'aurait jamais cru que Botticelli pouvait être le responsable de son retard, lui qui avait semblé si furieux. Le garçon comptait bien élaborer une vengeance digne de ce nom. Il pourrait, par exemple, lui raser le crâne pendant son sommeil ou même concocter un scénario encore pire. Leonardo n'était pas en manque d'imagination lorsqu'il s'agissait d'ourdir des machinations diaboliques.

— Tu devrais retourner te coucher, conseilla Vito. Ne t'inquiète pas pour Lorenzo. Chaque soir, c'est la même routine, mais il retourne toujours dans son lit.

Leonardo regarda vers l'endroit où avait disparu le somnambule.

— D'accord, concéda-t-il. Tu as sûrement raison.

Le jeune da Vinci s'approcha du voleur.

— Merci pour l'information, Vito, déclara-t-il en lui tendant la main. C'est un plaisir de te connaître malgré tout.

Vito sourit d'un air ravi en serrant la main de son nouveau compagnon.

— Un plaisir partagé, Leo, répondit-il bien sincèrement. Tu sais, lorsque tu as besoin d'un quelconque service, je suis l'homme de la situation.

— En effet, admit l'inventeur en riant. Au fait, tu sembles bien pâle pour un Pazzi. Est-ce ton vrai nom ?

— Tout à fait. Ma mère était irlandaise et mon père, italien. J'ai hérité de la chevelure rousse de ma mère ; c'est l'unique héritage qu'elle m'a légué avant sa mort.

— Je suis désolé de l'apprendre, déclara Leonardo, gêné d'avoir abordé le sujet.

— C'est la vie. Nous allons tous mourir, toi le premier. Si tu ne retournes pas rapidement dans ta chambre, Verrocchio va t'étriper !

Leonardo avait fait quelques pas lorsque Vito l'interpella.

— Oh, Leo ! Attrape !

Leonardo se tourna juste à temps pour saisir ce que le jeune homme lui avait lancé.

— Voilà une toge à ta mesure, dit Vito. J'ai entendu dire que la tienne ne te convenait pas vraiment. Ce petit service est compris dans les dix florins.

Leonardo examina la toge : elle semblait mieux ajustée et surtout plus propre. Décidément, Vito était vraiment le genre de garçon à compter parmi ses amis.

— Merci.

— Ça me fait plaisir ! lança Vito avec son sourire habituel.

Sans plus attendre, Leonardo regagna sa chambre. Il sombra rapidement dans un sommeil profond. Sa première journée à l'atelier avait été particulièrement étrange. Une chose était certaine : il ne risquait pas de s'ennuyer ici.

5

Les grands esprits se rencontrent

La première constatation de Leonardo à son réveil fut que son copain de chambre avait déjà quitté les lieux. La deuxième, plus fâcheuse celle-là, fut que la porte de sa chambre ne s'ouvrait plus. Quelqu'un, certainement Sandro Botticelli, l'avait bloquée de l'extérieur. Malgré tous les coups frappés contre la porte, celle-ci ne bougea pas d'un centimètre. Leonardo se promit que l'auteur de cette blague de mauvais goût le paierait. Cette fois, il n'était pas question d'être en retard. Leonardo se dirigea vers la fenêtre. À cette heure, la cour était encore déserte. Il n'y avait personne pour lui venir en aide.

— Seigneur! s'exclama le garçon en regardant quatre étages plus bas. C'est toujours à moi que ça arrive!

L'inventeur retira sa chemise de nuit. En quelques secondes, il enfila sa chemise blanche, ses chausses et, pour finir, sa toge noire. Il retourna aussitôt à la fenêtre. Il n'y avait qu'un seul moyen de quitter la pièce: longer la bordure sous les fenêtres jusqu'à la chambre voisine. L'idée ne lui plaisait pas particulièrement, mais ce n'était pas la première fois qu'il risquerait sa vie. La bordure avait environ vingt centimètres de largeur, ce qui était bien étroit de l'avis de Leonardo. La fenêtre ouverte la plus proche se trouvait à environ trois mètres sur sa gauche. Avant toute chose, L'adolescent enleva ses chaussures à semelles de bois. Il lui serait plus facile de garder l'équilibre pieds nus qu'avec ces chaussures rigides. Il les déposa dans la poche ventrale de sa tunique.

— Je viens juste d'arriver et je vais déjà mourir, souffla l'inventeur en montant sur le bord de la fenêtre.

Il posa un premier pied sur le cadre et prit une grande respiration. L'intrépide garçon sortit entièrement par la fenêtre de sa chambre et pivota pour s'agripper au mur. Pour l'instant, tout semblait aller pour le mieux. Il commença la traversée de la bordure de pierre. Son cœur battait à tout rompre. À chacun de ses pas, Leonardo se rapprochait de son but, mais l'effort requis paraissait surhumain. La journée était à peine commencée et le pauvre garçon était déjà trempé de sueur. Il arriva enfin face à la fenêtre de l'autre chambre. Leonardo s'élança à l'intérieur et tomba durement sur le plancher en bois. La chambre dans laquelle il venait d'entrer était vide. L'inventeur soupira de soulagement. Entrer à l'atelier du grand Andrea Verrocchio était beaucoup plus éprouvant qu'il ne l'eût cru. Il resta allongé encore quelques secondes pour reprendre son souffle avant de se remettre debout. En sortant de la pièce, Leonardo aperçut ce qui bloquait la porte de sa chambre. Le blagueur avait noué une corde à la poignée de la porte. Cette corde était liée à la poignée de la chambre d'en face. Leonardo traversa le corridor en passant sous la corde sans la défaire. Pour le moment, il avait d'autres priorités.

Ce matin-là, la classe était silencieuse ; plusieurs élèves dormaient même sur leur siège. Les étudiants avaient dû sortir du lit avant le lever du soleil, car Andrea Verrocchio leur avait demandé de se présenter dans la salle de conférence à six heures. Le grand Verrocchio était un homme matinal. Leonardo, un peu somnolent lui aussi, observait silencieusement ses compagnons de classe. La vingtaine d'élèves prenait place autour d'une grande table circulaire qui était l'unique ameublement de la pièce. Sandro Botticelli se trouvait du côté opposé de la table. Il ne paraissait guère plus en forme que Leonardo. Aplati contre son siège, il semblait dormir. En fait, seul Lorenzo di Credi semblait parfaitement éveillé. Andrea Verrocchio fit son entrée et s'exclama :

— Bonjour à tous !

Il portait, comme toujours, sa toge noire et un bonnet de la même couleur. L'homme dans la trentaine avait les traits profonds et les pommettes creuses. Sa simple vue incitait au respect. Son regard réfléchi laissait entrevoir une sagesse que bien peu d'hommes atteignaient. Le maître se rendit jusqu'à la table et rabattit une petite section de celle-ci pour entrer à l'intérieur du cercle.

— Bon ! Commençons sans plus attendre, déclara le professeur. J'espère que tout le monde est en forme.

N'ayant obtenu aucune réponse, il reprit :

— Magnifique ! Pour votre part, Botticelli, comment allez-vous ?

Sandro sursauta sur son siège.

— Pour sûr, souffla-t-il d'une voix fatiguée, c'est la grande forme, monsieur. Merci de vous en soucier. De votre côté, comment va la santé?

Andrea Verrocchio fusilla du regard le jeune fanfaron. De toute évidence, le professeur était très exigeant envers ses élèves. Andrea Verrocchio était habitué au caractère peu commode de son élève. C'était grâce à son talent hors pair que Botticelli gardait sa place à l'atelier. Dans le cas contraire, Verrocchio aurait eu vite fait de le mettre à la porte.

— Vous avez sûrement remarqué la présence de plusieurs nouvelles têtes ce matin, dit le maître.

— Pas très jolies, d'ailleurs, lança Botticelli d'un ton moqueur.

— La vôtre n'est guère mieux! rétorqua le professeur sur un ton tranchant.

Puis il continua:

— Nous avons donc dix nouveaux élèves cette année. C'est un grand nombre, je vous l'accorde, mais la raison en est simple. L'Italie aura bientôt besoin d'une relève solide. Les grands maîtres ne sont pas immortels, et comme vous le savez, plusieurs sont morts déjà. L'Italie pleure encore la perte du grand Donatello. Malgré tout, son œuvre restera à jamais ancrée dans la mémoire des hommes.

— Si da Vinci ne détruit pas toutes les sculptures, lâcha Botticelli en riant.

Décidément, l'information circulait à une vitesse phénoménale à Florence. L'affaire de la basilique Santo

Spirito avait pourtant été étouffée par le père de Médicis et Piero Antonio. Mais manifestement, il y avait eu une fuite.

— Coupez-moi encore une fois la parole, Botticelli, et je vous envoie passer la semaine à coudre des étoffes.

Le sourire de Botticelli disparut aussitôt, car il détestait le travail de tisserand.

— Pardonnez-moi, déclara-t-il simplement.

— Bon, reprit le professeur sans lâcher des yeux Botticelli, j'ai donc décidé de former de nouveaux maîtres. Je compte ne garder que les meilleurs éléments. À la fin de cette année, je sélectionnerai seulement dix d'entre vous. L'année d'après, je retrancherai cinq élèves. Les cinq étudiants restants auront droit au titre de grand maître. Les perdants n'auront droit à rien. Maintenant, il ne vous reste qu'à vous démarquer.

— Ce que vous nous dites, c'est que même les étudiants de deuxième cycle risquent leur poste eux aussi cette année ? maugréa Sandro Botticelli.

— Exactement, confirma Verrocchio. L'expérience que les élèves de deuxième année ont acquise l'année dernière leur sera favorable. Malgré tout, eux aussi pourraient être éliminés si je ne suis pas satisfait de leur travail.

— Merveilleux ! grogna Sandro en croisant les bras.

De son coté, Leonardo ressentait un malaise. Il était certes doué d'un certain talent, mais il doutait d'être de

taille face aux autres élèves. Son copain de chambre, Lorenzo di Credi, était à lui seul un concurrent hors pair.

— Maintenant, passons aux règles en vigueur à mon atelier. Ici, vous commencez tous égaux. C'est votre talent qui vous démarquera des autres. Peu importe que vous soyez riche ou pauvre, beau ou laid, maigrichon ou rondelet. Je me moque éperdument que vous ayez détruit une œuvre inestimable de Donatello ou que votre père travaille comme tanneur dans une boutique douteuse. Vous m'avez tous bien compris?

Le groupe d'élèves répondit d'un grand «oui» à l'unisson.

— Très bien…

Le professeur consulta ses notes un instant avant de poursuivre.

— Lorsque vous êtes en formation à l'atelier, vous n'apposez pas votre nom sur votre travail. Votre ouvrage est fait au nom de l'atelier, et cela, tout le long de votre formation. Toutefois, si à la fin de cette année vous faites partie des élèves sélectionnés, vous pourrez apposer votre nom sur vos travaux futurs. De plus, n'oubliez jamais que vous formez tous une équipe. Il vous arrivera donc de travailler à plusieurs sur une même toile. Vous devrez donc œuvrer comme une seule personne, vous devrez avoir un style d'équipe. Quelqu'un peut me dire pourquoi?

— Pour le bien de l'œuvre, déclara fièrement Lorenzo en souriant.

— Vous avez raison, di Credi, émit le maître. C'est un exercice qui vous permettra d'améliorer votre habileté à travailler en équipe. Vous êtes tous des artistes et, très souvent, les artistes sont des gens solitaires. Pour le bien de l'atelier, vous devrez apprendre à exceller en groupe.

Leonardo s'imaginait mal travailler avec Sandro Botticelli. Mais avec de la chance, cela ne se produirait jamais.

— Maintenant, poursuivit le professeur, faisons un petit tour de table. Apprenons à nous connaître un peu. Leonardo...

Andrea Verrocchio dirigea son regard sur le jeune da Vinci. D'un geste de la main, il invita le garçon à se présenter.

— Bonjour! commença celui-ci d'une voix légèrement enrouée. Je suis Leonardo di Ser Piero da Vinci, mais appelez-moi Leonardo. Même si je suis ici parce que mon père m'y oblige, j'espère bien me forger une place parmi les futurs maîtres.

— C'est bien d'être honnête, dit Andrea Verrocchio en souriant.

Puis il se tourna vers le garçon assis à la droite de Leonardo:

— À vous, maintenant, Alberto.

Alberto avait le teint foncé et semblait particulièrement athlétique pour un artiste. Il était l'unique élève à ne pas porter une longue chevelure. Le garçon avait

le crâne rasé. Dans sa profession, il était certes plus pratique de garder une chevelure courte.

— Je suis Alberto de Corleone. J'ai travaillé comme forgeron à l'atelier des frères Pollaiolo pendant deux ans. J'ai décidé de venir suivre une formation ici pour parfaire mes connaissances.

— Et vous avez bien fait, déclara le professeur en souriant. Cette année, l'atelier a été chargé d'un travail exceptionnel. Nous avons un contrat avec la cathédrale Santa Maria del Fiore qui se trouve à une rue d'ici. Nous devrons concevoir une imposante sphère de six mètres de diamètre, qui coiffera le sommet de la coupole de l'église. Il s'agit de la plus grosse commande de l'année. Mais revenons à nos présentations. Lorenzo, parlez-nous un peu de vous, maintenant…

Le garçon, qui était le plus jeune du groupe, prit la parole :

— Je me nomme Lorenzo di Credi, déclara-t-il en cherchant quoi dire. Je suis en formation à l'atelier depuis un an. J'espère un jour avoir mon propre atelier.

— C'est une excellente chose que de se fixer un but, certifia Andrea, et je vais vous dire pourquoi. Vous allez sûrement devoir travailler sur des projets auxquels vous n'accorderez aucun intérêt personnel. La meilleure manière de garder votre motivation est de ne pas oublier votre objectif. N'oubliez jamais de voir plus loin. De plus, vous êtes libre d'utiliser le matériel de l'atelier pendant vos temps libres. Ne remettez jamais à plus tard les projets que vous avez en tête. Mais pour le moment, reprenons où nous en étions…

Andrea Verrocchio fit le tour de la table et tous se présentèrent à tour de rôle. Leonardo fut impressionné par la motivation qui animait l'ensemble du groupe. Monsieur Verrocchio avait sans nul doute choisi la crème de la crème pour former la relève. Toutefois, Leonardo se trouvait bien peu digne de figurer parmi eux.

Puis le grand maître reprit la parole :

— Je tiens à ce que les artistes de mon atelier soient instruits. Peut-être ne l'avez-vous pas encore remarqué, mais nous vivons dans une époque de révolution de conscience. L'homme ressent enfin le besoin de connaître le monde qui l'entoure, d'apprendre et de comprendre. C'est pour cela que j'exige de vous tous un intérêt particulier pour le savoir. Qui plus est, des connaissances en anatomie ou en chimie vous aideront grandement dans votre travail à l'atelier. Donc, en plus des cours obligatoires, vous aurez à choisir deux cours optionnels.

— Bienvenue en enfer ! grogna Botticelli entre ses dents.

Cette réflexion sembla amuser Pietro Vannucci, un gros gaillard qui s'entendait plutôt bien avec Sandro Botticelli. Lors de sa présentation, le jeune Vannucci avait déclaré qu'il était à l'atelier en vue de faire une montagne d'argent dans l'avenir. Au moins, ce garçon rondelet s'était fixé un objectif bien précis.

— Quels sont les cours optionnels ? s'informa Leonardo, curieux.

Verrocchio se tourna pour observer l'inventeur, légèrement étonné de l'intérêt que le garçon portait aux cours qui ne concernaient pas directement l'art.

— Science de la nature, alchimie, poésie, anatomie et astronomie.

— Pourrais-je les suivre tous ?

— Si vous arrivez à adapter votre horaire en conséquence, je n'y vois aucune objection, monsieur da Vinci.

— Super ! s'exclama Leonardo avec entrain.

Il n'avait encore jamais suivi de cours d'alchimie. Il connaissait vaguement cette discipline, qui concernait entre autres la transmutation des métaux. Toutefois, les techniques entourant ce domaine lui échappaient complètement. L'étudiant ne demandait qu'à apprendre. Il était aussi très excité à l'idée d'étudier l'anatomie humaine. Avec un peu de chance, toutes ces nouvelles connaissances l'aideraient sûrement à concevoir une nouvelle version de son engin volant. Cette pensée frappa Leonardo comme une évidence. Il venait de trouver son objectif : c'était de parvenir à voler. Non pas planer, comme l'avait fait l'Aves 2, mais plutôt voler comme un oiseau.

— Sur ce, conclut Andrea d'un ton solennel, je souhaite à tous la bienvenue à mon atelier et une excellente année ! Vous pouvez disposer, je vous donne rendez-vous ici dans deux heures.

Sans plus de cérémonie, Andrea Verrocchio quitta la pièce rapidement, laissant les élèves seuls dans la classe. Ils se levèrent tous à leur tour. Certains semblaient toujours légèrement assoupis. Sandro, pour sa part, paraissait avoir repris tous ses esprits. Un sourire sournois plaqué sur le visage, il se dirigea vers Leonardo. Se plantant à quelques centimètres du garçon, il proposa :

— Da Vinci, que dirais-tu d'un petit duel d'escrime amical ?

— Je ne suis pas d'humeur, Botticelli, répondit Leonardo en dévisageant le vantard. Figure-toi qu'un idiot a bloqué ma porte de chambre ce matin.

— Excellent ! s'exclama Sandro en ignorant totalement les propos de son compagnon. Retrouvons-nous dans la cour de l'atelier. Ne me fais pas attendre, cette fois.

Sandro donna un coup de poing sur l'épaule de l'inventeur avant de se diriger vers la sortie. Pour ne pas empirer les choses avec Botticelli, Leonardo conclut qu'il n'avait guère d'autre choix que d'accepter le duel.

— Si tu ne paies pas quelqu'un pour me retarder, il ne devrait pas y avoir de problème cette fois.

Sandro Botticelli s'arrêta net, mais ne se retourna pas. Après un long instant, il reprit sa marche. Lorenzo déposa ses carnets de notes dans son sac puis se leva. Leonardo et le garçon étaient désormais seuls dans la pièce.

— Il est fort en escrime, affirma Lorenzo en s'approchant. Je l'ai vu à l'œuvre, il est rapide comme un serpent. J'espère que tu es habile.

— Botticelli est trop confiant, déclara Leonardo sans quitter des yeux la porte de la salle de conférence. Il va regretter de m'avoir lancé ce défi.

Les deux garçons s'appuyèrent un instant contre la table.

— Peut-être, souffla le plus jeune, songeur, en fixant la porte lui aussi.

Leonardo se tourna vers son copain de chambre.

— Alors, quels cours comptes-tu choisir ? s'enquit l'inventeur, pressé de changer de sujet.

Lorenzo se frotta le menton. Il n'avait manifestement pas encore arrêté son choix.

— Peut-être anatomie et science de la nature… Je ne suis pas tellement enthousiaste à l'idée d'avoir des cours supplémentaires cette année. Nous allons tous devenir fous.

— Pour ma part, l'idée m'emballe complètement.

— Ouais, mais toi tu te lances du haut de la basilique Santa Croce dans un oiseau en bois. Tu es déjà fou, tu n'as rien à craindre.

Leonardo éclata de rire. Son accident n'était vraiment pas passé inaperçu. Il se demandait bien ce que le grand Verrocchio en pensait. Peut-être aurait-il la réponse un de ces jours. Leonardo aimerait bien discuter de l'Aves 2 avec le maître de l'atelier. Pour une raison qui lui échappait, il se disait que Verrocchio serait probablement ouvert à ses expériences. Le professeur serait peut-être même un homme de bon conseil.

— Je n'avais pas vu ça sous cet angle, avoua l'inventeur en riant.

Malgré le fait qu'il venait à peine d'arriver, Leonardo avait déjà une drôle de réputation. Il serait probablement le casse-cou de l'atelier. L'idée ne lui déplaisait pas trop ; peut-être arriverait-il à s'amuser ici finalement.

— À plus tard, Leonardo, salua Lorenzo en marchant vers la sortie. Du moins, si Sandro Botticelli ne te tue pas.

Leonardo regarda son copain de chambre qui s'apprêtait à quitter la pièce.

— Je compte sur toi pour venger ma mort, Lorenzo, lança Leonardo à la blague.

— J'essaierai, promit le jeune prodige.

6
Les paris sont levés !

À son arrivée à l'extérieur, Leonardo remarqua une certaine agitation. L'ensemble des occupants de l'atelier se trouvait au centre de la cour. Il ne manquait qu'Andrea Verrocchio, Sandro Botticelli et Lorenzo di Credi. Les modèles étaient même sortis pour l'occasion. L'inventeur se sentit envahi de panique. Il n'avait pas songé que le duel entre lui et Botticelli serait à ce point remarqué.

— Trois florins sur Leonardo, s'écria un des modèles masculins.

— Je mets vingt florins sur Sandro, déclara Alberto de Corleone en brandissant sa bourse.

Pietro Vannucci prenait les paris, un calepin de notes à la main. Il jubilait un peu plus à chacune des mises.

— Je parie cinquante florins sur Leonardo da Vinci ! cria une voix familière.

La foule se tut aussitôt, cinquante florins représentaient une fortune. Pietro en laissa même tomber son calepin. Vito jaillit de la foule en arborant son sourire habituel.

— Vous m'avez bien entendu, bonnes gens, affirma Vito Pazzi. Cinquante florins sur da Vinci !

L'inventeur était inquiet. Vito serait probablement ruiné s'il perdait son duel contre Botticelli. Le maraudeur s'approcha de Leonardo qui hésitait à rejoindre la foule.

— Bien le bonjour ! s'écria Vito. J'ai eu vent du combat entre toi et Botticelli. Tu ne laisses pas traîner les choses !

Puis il administra quelques tapes d'encouragement dans le dos de son compagnon. Les paris avaient repris de plus belle.

— Botticelli a gagné plusieurs tournois d'escrime à Florence, déclara Vito. Mais tu dois savoir ce que tu fais.

Leonardo en doutait secrètement. Il avait lui-même gagné quelques tournois ; cependant, il était loin d'être un professionnel en la matière. Vito détacha un étui de sa ceinture de fortune, constituée simplement d'une corde. L'étui contenait une épée en argent, ornée d'or.

— Tu peux utiliser mon épée, proposa Vito. Elle appartenait à mon père avant que le Vatican le fasse pendre. Elle te portera bonheur.

— Euh… merci…

Leonardo prit l'étui et en sortit l'arme étonnamment légère. En plus d'être très maniable, elle était splendide. Elle avait probablement été conçue de la main d'un grand maître, un artiste de la trempe d'Andrea

Verrocchio. Sa contemplation de l'épée fut interrompue par une voix qui résonna dans toute la cour.

— Silence ! cria Sandro Botticelli en faisant irruption par la porte du bâtiment des chambres.

Le garçon passa à quelques mètres de Leonardo et de Vito avant de rejoindre la foule. Il portait, pour l'occasion, une ceinture de cuir à la taille. Son étui y était attaché, dans lequel était rangée son épée.

Botticelli s'adressa à l'assemblée.

— Voici les règles du duel. Le premier blessé par la lame de l'ennemi a perdu. Les coups au visage sont interdits, ainsi que les coups de pied et autres contacts directs. Bien compris, da Vinci ?

Leonardo se rapprocha de la troupe en ne quittant pas des yeux son adversaire. Il remit dans son étui l'épée que Vito lui avait prêtée.

— Très bien, répondit-il simplement.

— Commençons sans plus attendre, décida Sandro Botticelli.

— Vous n'allez pas vous tuer quand même, s'inquiéta l'un des modèles.

Il s'agissait de la jeune femme que Leonardo avait croisée lors de sa visite de l'atelier. Toujours aussi belle, elle portait une coiffure en chignon. Malgré l'heure matinale, elle semblait parfaitement éveillée. L'inventeur avait bien hâte de l'avoir comme modèle, même si reproduire fidèlement sa beauté s'avérerait un défi de taille.

— Ne t'inquiète donc pas, Vera de Marsala, formula Botticelli. Je vais m'en sortir sans aucune égratignure !

Vera fusilla du regard Sandro ; elle ne semblait guère se soucier du sort de Botticelli. Toutefois, en ce qui concernait Leonardo, c'était une autre histoire.

Les deux adversaires s'éloignèrent du groupe. C'était une chance que les ouvriers de l'atelier ne soient pas encore arrivés. La plupart étant beaucoup plus âgés, ils n'auraient guère apprécié tout ce cirque.

— Da Vinci, dit Sandro d'un ton grave, prépare-toi à souffrir.

— Mon cher Botticelli, prépare-toi à recevoir une leçon d'humilité. En garde !

Sandro dégaina son épée en une fraction de seconde. Sans plus tarder, il se jeta sur son opposant. Le jeune da Vinci n'avait même pas eu le temps de sortir son arme. Il se jeta au sol et roula sur environ deux mètres pour distancer son adversaire. Il se remit ensuite rapidement sur ses pieds et sortit son épée de son étui à toute vitesse. Leonardo eut tout juste le temps de bloquer la première attaque de Sandro Botticelli.

— Tu as de bons réflexes, da Vinci, concéda le rival, mais tu n'en as pas suffisamment pour m'empêcher de te taillader en morceaux.

— Garde ta salive ! cracha Leonardo en passant à l'attaque.

Il infligea un puissant coup sur la lame de son opposant, ce qui déstabilisa légèrement celui-ci. Le champ était maintenant libre vers l'épaule droite de

Botticelli. Leonardo ne perdit pas un instant et plongea vers la zone vulnérable. Son adversaire pivota sur lui-même rapidement et intercepta le coup de justesse.

— Raté! s'écria Sandro en renvoyant ses cheveux vers l'arrière dans un mouvement de tête.

La foule s'animait à chacune des attaques bloquées. Ce combat promettait d'être inoubliable. Cependant, Leonardo craignait que toute cette agitation attire l'attention d'Andrea Verrocchio.

— Il est doué, ce petit Leo, déclara Vito Pazzi à l'intention de Vera.

Tous deux se connaissaient depuis longtemps. C'était Vito qui avait présenté la jeune femme au maître de l'atelier, quelques années auparavant. Le chapardeur s'était forgé un solide réseau de contacts malgré son jeune âge ; dans sa profession, cela constituait un atout. Il y avait une franche amitié entre Vera et Vito, mais rien de plus. En fait, ce dernier en pinçait secrètement pour une nouvelle arrivante à l'atelier. C'était un modèle du nom de Déborah, une ravissante Asiatique. Toutefois, si les talents de voleur de Vito étaient infaillibles, il n'en était pas de même de ses talents de séducteur. Le jeune Pazzi avait encore beaucoup à apprendre sur la gent féminine.

— Le fait d'être doué ne lui servira pas à grand-chose s'il se fait tuer, répliqua Vera, mécontente.

— Il ne lui arrivera rien, assura son ami. Du moins, je l'espère…

Botticelli se lança dans une série d'attaques que Leonardo parvint à bloquer avec succès. Sandro tourna

les talons et parcourut une partie de la cour en direction de l'atelier où étaient conçues les armures. La foule suivait les deux opposants de près. Leonardo avait compris les intentions de son rival. Botticelli voulait terminer le combat à l'intérieur, hors de la vue d'Andrea Verrocchio. Sandro prit une bonne avance sur son adversaire et se jeta littéralement à l'intérieur du bâtiment sombre. Il était évident qu'il comptait tendre un piège à Leonardo. Celui-ci rabattit son arme vers l'arrière pour faciliter sa course. Il parcourut la distance qui le séparait de l'autre accès à l'atelier en quelques secondes. Sans hésitation, il plongea au sol quelques mètres avant le seuil de la porte. Il pénétra dans l'atelier en glissant sur le ventre. Leonardo avait fait un choix judicieux. Comme l'avait présagé l'inventeur, Botticelli avait surgi sur le seuil de la porte quelques secondes avant son arrivée. Leonardo avait passé entre les jambes de son rival sans être atteint par sa lame, puis il s'était relevé rapidement.

— Rapide, souffla Botticelli, amusé, mais pas assez !

Tout en s'enfonçant plus profondément dans le bâtiment, les deux belligérants s'échangèrent une série d'attaques qui furent toutes habilement déjouées. Leur duel les mena jusque dans la salle où étaient entreposées les armures. Les murs étaient tapissés de pièces d'armurerie. Il y avait des centaines de cuirasses, d'épées, de gorgerins et de spallières. Sandro Botticelli distança son adversaire un instant et bondit sur la grande table de travail au centre de l'entrepôt.

— Si la peur te prend, tu peux toujours enfiler une armure ! se moqua Botticelli.

La foule avait rejoint l'entrepôt à son tour. Toutes les issues étaient dorénavant bloquées par les observateurs curieux. Le combat allait devoir se conclure dans cette pièce.

— Je te fais la même suggestion, souffla Leonardo en bondissant sur la table à quelques mètres de Sandro.

Les spectateurs encerclèrent aussitôt la table. La plupart arboraient des regards avides de violence. Botticelli effectua quelques pas de danse pour amuser l'assistance. Leonardo décida de prendre les devants et dirigea une ultime attaque en direction de Botticelli. La réaction de son opposant fut immédiate. Sandro conserva la même position, mais fit pivoter le haut de son corps vers l'arrière tout en dirigeant son épée vers son attaquant. Sandro aurait bien voulu crier victoire en voyant sa lame toucher la cible, mais il venait lui aussi d'être touché. À l'instant même où son épée avait fait mouche, l'arme de Leonardo s'était enfoncée dans son épaule gauche. Il s'agissait, dans les deux cas, de blessures superficielles. Cependant, elles sonnèrent la fin du combat.

— Match nul ! hurla Vito Pazzi au milieu de la foule. Les paris sont annulés !

Les spectateurs ne cachèrent pas leur déception. Pour sa part, Vera était soulagée par l'issue de l'affrontement.

— Pas trop mal pour un fils de riche, déclara Botticelli en dégageant son épée. La prochaine fois, je t'aurai, da Vinci.

Sandro redescendit de la table d'un bond.

— Allez, fichez le camp, aboya-t-il. Il n'y a plus rien à voir !

Le garçon quitta les lieux en entraînant avec lui la majeure partie de la foule. Vito et Vera s'approchèrent de Leonardo qui s'était assis sur la table où s'était terminé le combat. Il fixait le sol en reprenant son souffle.

— De vrais gamins ! s'écria la jeune femme en arrivant à côté de Leonardo.

Ce dernier leva les yeux.

— Leo, commença Vito, je te présente Vera de Marsala. C'est un modèle à l'atelier.

— Bonjour, Vera, dit l'inventeur en serrant la main tendue. Je suis Leonardo da Vinci.

— Leo, j'ai vu de beaux combats dans ma vie et celui-ci était particulièrement splendide !

— Merci, Vito, répondit son compagnon en se remettant debout.

L'adolescent rangea l'épée dans son étui et la tendit à son ami.

— Tu peux la garder, Leo, annonça le maraudeur en souriant. J'ai l'impression que tu en auras plus besoin que moi. Si mon père avait assisté à ton combat, il aurait insisté pour que tu la conserves.

Leonardo fixa l'épée avec respect. Cette arme était la plus maniable qu'il ait jamais utilisée.

— C'est beaucoup trop, Vito, objecta-t-il en tentant de redonner l'épée à son propriétaire.

Celui-ci repoussa l'arme de la main.

— Elle est à toi, déclara Vito en appuyant l'arme contre le torse de Leonardo.

Il semblait inutile de protester, la décision de Vito était prise.

— Merci, dit Leonardo en guise d'acceptation.

— Ça me fait bien plaisir, affirma le maraudeur. Je ne suis pas très habile en escrime de toute façon.

Botticelli marchait en direction de sa chambre ; il devait soigner sa blessure à l'épaule. À cette époque, l'infection d'une plaie pouvait occasionner des conséquences graves. Son copain de chambre, le rondelet Pietro Vannucci, le suivait en lui chantant de grandes louanges.

— C'était un magnifique combat ! Tu aurais vaincu da Vinci s'il n'avait pas triché.

— Qu'est-ce que tu me racontes là ? riposta Botticelli en se tournant vers Pietro. Da Vinci n'a pas triché. Il est simplement très fort. Mais je vais le briser, tu verras.

Sandro n'avait pas aperçu la corde qui traversait toujours le corridor du quatrième étage. Lorsqu'il arriva en face de la chambre de Leonardo, il fut renversé sur le sol. Sans se relever, le peintre de talent examina la corde.

Désarçonné, Pietro avait la bouche béante.

— Comment est-il sorti de la pièce?

Botticelli eut un léger sourire.

— Quel casse-cou! s'étonna-t-il en comprenant de quelle façon le jeune inventeur s'y était pris.

— Comment? répéta son complice de toujours.

— Je te le laisse figurer par toi-même, Van, déclara Sandro en se remettant debout.

Pietro Vannucci n'était peut-être pas le plus futé de l'atelier, mais Sandro l'aimait bien malgré ses défauts.

Le duo passa sous la corde et continua sa route. Les deux garçons partageaient une chambre au bout du corridor. À leur arrivée, une très mauvaise surprise les entendait. Andrea Verrocchio était posté devant la porte.

— Botticelli! gronda le maître en fusillant son élève du regard. Depuis quand mon établissement est-il une arène de combat?

— Nous ne faisions que nous amuser un peu, monsieur, se défendit Sandro.

— Allez chercher da Vinci, ordonna le grand maître. Je veux vous voir tous les deux dans mon bureau. Tout de suite!

Si Sandro Botticelli savait quelque chose, c'était bien qu'il ne fallait pas contester les ordres de monsieur Verrocchio. Par le passé, bien des élèves rebelles avaient été jetés hors de l'atelier pour ne pas l'avoir écouté.

— Très bien, grogna l'étudiant en s'éloignant.

Figé de terreur, Pietro fixait Andrea avec effroi.

— Monsieur Vannucci… articula tranquillement le maître.

— Oui, monsieur ?

— Foutez-moi le camp d'ici ! Allez nettoyer tous les pinceaux de l'atelier !

— Très bien, monsieur.

Le garçon détala comme un lièvre affolé.

— C'est la première journée de cours, s'indigna Andrea Verrocchio d'une voix grave, et déjà vous croisez le fer ! Qu'allez-vous faire dans six mois ?

Le propriétaire de l'atelier était dans une humeur particulièrement explosive. Même Botticelli ne l'avait jamais vu dans un état pareil.

— Mais où vous croyez-vous donc ? hurla Andrea Verrocchio.

Leonardo et Sandro étaient assis de l'autre côté du bureau où prenait place le professeur. Cette pièce ainsi que les appartements personnels de monsieur Verrocchio se trouvaient à l'intérieur de la coupole de fer, au sommet du bâtiment des chambres. L'inventeur se demandait comment son maître faisait pour dormir dans cette fournaise. Le soleil qui frappait contre la structure métallique réchauffait atrocement l'endroit. La salle était décorée de façon très élémentaire. La chose paraissait étonnante étant donné que son propriétaire vouait sa vie à l'art et à la décoration.

— Dans votre bureau, répondit Leonardo d'un ton sarcastique.

Mais le propriétaire de l'atelier n'entendait pas à rire.

— Votre père vous a sorti de bien des ennuis par le passé, monsieur da Vinci, dit Andrea d'un ton glacial, mais sachez que je ne suis pas le père de Médicis. Si j'ai un problème avec vous, je n'irai pas quémander de l'argent à Piero Antonio. Vous seul allez payer pour vos torts et il ne sera pas question d'argent.

— L'idée du duel venait de moi, avoua Sandro Botticelli. Da Vinci n'y est pour rien.

— Vous pourrez parler quand je m'adresserai à vous, Sandro, émit Andrea sur un ton tranchant en jetant un regard sévère au jeune homme. Pour l'instant, taisez-vous et écoutez !

Leonardo trouvait bien étrange que Sandro prenne subitement sa défense, lui qui avait tout fait pour lui pourrir la vie depuis son arrivée.

— Pour votre conduite inadmissible, vous allez vous charger des corvées de nettoyage après tous vos cours. De plus, à partir d'aujourd'hui, vous travaillerez en équipe.

— Il n'est pas question que je travaille avec da Vinci, éclata Sandro Botticelli. Il va ruiner tous mes travaux ! C'est une vraie plaie ambulante, cette loque !

Leonardo garda le silence. Mais il fut très tenté d'enfoncer son poing dans le visage de Botticelli. Andrea se contenta de dévisager le jeune peintre d'un air découragé.

— C'est vous la loque, Botticelli, répliqua sèchement Verrocchio. Vous êtes un artiste talentueux ; cependant, vous ne savez pas travailler en équipe et vous croyez toujours être le meilleur. Alors, si vous tenez à rester des nôtres l'an prochain, je vous conseille fortement de procéder tout d'abord à un sérieux examen de conscience et d'entreprendre ensuite les changements qui s'imposent.

Sandro Botticelli se cala dans son siège, bien décidé à ne rien ajouter.

— Dorénavant, je vous aurai à l'œil tous les deux.

Sandro haussa les épaules en guise de réponse.

— Ça ne se reproduira plus, assura Leonardo.

— Parfait, conclut Verrocchio. Vous pouvez disposer.

Les deux élèves quittèrent la pièce sans se faire prier, sous l'œil attentif du grand maître. Après le départ des antagonistes, Andrea retourna à ses papiers et ne put dissimuler son sourire plus longtemps.

— Ah, ces adolescents !...

Puis il se remit au travail ; il avait encore plusieurs commandes à étudier.

7

Le père de Médicis

Le premier cours de la journée venait à peine de commencer lorsque Vito Pazzi fit irruption dans la classe. Le garçon salua d'un signe de la main Leonardo et s'approcha de monsieur Verrocchio. Tous les élèves prenaient place devant leur chevalet, excepté Botticelli et da Vinci qui devaient partager le même. Aujourd'hui, ils étudiaient la technique de mélange *alla prima*.

Plusieurs semaines s'étaient écoulées depuis l'arrivée de l'inventeur à l'atelier et celui-ci s'habituait tranquillement au rythme de vie de l'endroit. La vie d'artiste n'était pas de tout repos, mais au moins le garçon n'avait pas le temps de s'ennuyer. Le cours d'anatomie le passionnait particulièrement. Le corps humain était une machine fascinante, parfaite dans tous ses rouages. Bientôt, il commencerait sa formation d'alchimiste, une matière qui serait enseignée par le professeur Warress Ferrazini. Pour l'instant, l'alchimiste réputé était toujours en expédition en Chine. Leonardo ne savait pas grand-chose de cet homme, mais Vito lui avait appris que la plupart de ses ouvrages avaient été interdits de publication par l'Église catholique. Ce renseignement rendait Leonardo encore plus curieux au sujet du mystérieux scientifique.

Vito chuchota un mot à l'oreille du grand maître. Celui-ci, qui examinait la dernière œuvre de Lorenzo di Credi, sursauta légèrement car il n'avait pas remarqué la présence du maraudeur. Vito savait se déplacer sans attirer l'attention ; après tout, c'était un pickpocket doué.

— Monsieur, j'aurais besoin de vous parler en privé.

Le professeur fronça les sourcils en dévisageant le nouveau venu.

— Très bien, consentit Andrea, allons dehors. Beau travail, Lorenzo !

Andrea tapota fièrement l'épaule du garçon qui avait parfaitement saisi les notions du cours.

— Ça me rend malade de voir comment Verrocchio idolâtre ce petit morveux de Lorenzo, murmura Sandro en regardant le professeur quitter la pièce accompagné de Vito.

— Tout ce qui ne te concerne pas te rend malade, souffla Leonardo sans cesser de peindre.

Leonardo effectuait un dégradé sur l'arrière-plan du tableau ; il peignait un ciel nuageux qui s'assombrissait vers l'horizon. Botticelli reporta son attention sur la toile. Il jugea le travail de son coéquipier.

— Seigneur, s'exclama le garçon d'un ton découragé, c'est à croire que tu utilises un balai et non un pinceau ! Quel travail d'amateur, da Vinci !

— J'ai une bonne idée, indiqua Leonardo en continuant son travail. Ferme-la donc un peu, tu me déconcentres.

Le maître de l'atelier conduisit Vito jusque dans la cour. À l'extérieur, plusieurs artisans travaillaient sur la commande de la sphère pour la cathédrale Santa Maria del Fiore. Alberto de Corleone se trouvait parmi eux.

— Qu'y a-t-il, Vito ? interrogea Andrea. J'espère que c'est important.

— Je le crois, monsieur, répondit le maraudeur à voix basse. Le père de Médicis envisage de venir faire une visite surprise à l'atelier aujourd'hui. J'ai entendu dire qu'il aurait été mis au courant de la présence de Leonardo da Vinci parmi vos étudiants. Comme vous le savez, cet homme d'Église a le bras long. Si je me fie à mes contacts, il serait prêt à vous mener la vie dure si vous n'acceptez pas d'expulser Leonardo.

Andrea Verrocchio n'avait aucune raison de douter des dires de son informateur. Par le passé, Vito s'était montré un atout précieux, et il lui accordait la plus grande confiance. Malgré toutes les menaces que pourrait proférer le père de Médicis, Andrea n'avait aucunement l'intention d'expulser le jeune da Vinci. Il n'appréciait guère le vieil homme de toute façon.

— Autre chose ? voulut savoir le grand maître.

Vito regarda les alentours à la recherche de curieux. Il n'y en avait pas.

— Le père de Médicis compte accorder une attention particulière aux œuvres contenant de la nudité, chuchota-t-il. Il espère saisir quelques tableaux qui feraient preuve d'hérésie. Ils enrichiraient sans nul doute sa collection personnelle.

— Donc, le père de Médicis viendra nous rendre visite accompagné de son jury de l'Inquisition.

— L'image est assez juste, concéda Vito Pazzi avec un sourire amusé.

— Merci pour cette précieuse information, Vito. Puis-je te demander une faveur ?

— Bien sûr, monsieur.

— Fais le tour de l'atelier. Préviens les étudiants que personne ne doit peindre de nus ni aucune créature extravagante. Dis-leur qu'aujourd'hui est une « journée Sainte Vierge ». Ils comprendront.

Une « journée Sainte Vierge » était un terme que Verrocchio utilisait fréquemment. Il signifiait que les artisans ne devaient peindre que des toiles à saveur religieuse, question de plaire aux visiteurs catholiques.

— Bien compris, patron ! émit Vito avant de s'éloigner.

Andrea Verrocchio sentait que la journée serait longue…

Quand le premier cours de la journée se termina, les étudiants se ruèrent hors du local. Avant de quitter la salle de classe, Sandro Botticelli s'empara d'un chevalet inemployé. Cette réquisition n'échappa pas à l'œil attentif de Leonardo.

— C'était particulièrement instructif aujourd'hui, déclara joyeusement Lorenzo en s'approchant de son compagnon de chambre.

Le jeune di Credi arborait toujours un regard émerveillé à la fin de chacun des cours. Leonardo en était venu à la conclusion que son ami avait l'émerveillement aisé, ce qui n'était pas une mauvaise chose.

— Ouais, répondit Leonardo en rassemblant ses affaires, ce n'était pas mal.

— Il paraît que le cours d'anatomie t'inspire ?

— J'ai fait quelques dessins, en effet. Monsieur Verrocchio avait raison : le fait de mieux connaître le corps humain est un atout dans le domaine artistique. Mes nouvelles connaissances me permettent de créer des personnages beaucoup plus réalistes.

— Moi je suis doué pour les proportions. Je ne me sens pas obligé de connaître le fonctionnement du corps humain pour peindre une jolie femme.

— Peut-être que c'est simplement mon côté curieux qui m'oblige à aller au-delà de la surface de la chair.

— Probablement, émit le jeune garçon, amusé. Es-tu au courant pour la visite ?

Une fois de plus, Leonardo et Lorenzo étaient les derniers à sortir de la classe. Les deux élèves se dirigèrent tranquillement vers leur chambre.

— Une visite ? interrogea Leonardo, intrigué. Je ne suis au courant de rien.

— Le père de Médicis vient faire une… – le garçon pesa ses mots avant de continuer – inspection des lieux, si je puis dire. Alors aujourd'hui sera une autre «journée Sainte Vierge».

— Ce n'est pas une nouvelle très agréable, mais ça me donne une vilaine idée !

— Ah mais, quelle agréable surprise ! s'exclama le directeur de l'atelier en simulant l'étonnement.

Comme prévu, le père de Médicis avait emmené avec lui toute sa troupe, soit les frères de la basilique Santo Spirito.

— Entrez donc, proposa Verrocchio aux visiteurs.

Dès son entrée dans l'atelier, le père de Médicis se mit à scruter à la loupe l'endroit. Le petit homme chauve se montra fort désagréable, comme à son habitude.

— Ne vous dérangez pas, mon cher Andrea, déclara-t-il froidement, nous ne faisons que passer.

Les hommes d'Église pénétrèrent dans le bâtiment avant de se séparer. Andrea Verrocchio allait formuler une objection, mais décida qu'il valait mieux s'abstenir de tout commentaire.

— Nous n'effectuerons qu'une brève visite libre, informa le père de Médicis sèchement.

L'idée que l'homme d'Église déambule librement dans l'atelier déplaisait beaucoup à Andrea, mais il ne pouvait rien y faire.

— Nous sommes tous très honorés par votre présence, déclara Andrea Verrocchio d'un ton faussement enjoué.

— J'en suis persuadé, répliqua Antoine de Médicis en commençant son inspection.

Chevalet à la main, Sandro Botticelli ouvrit la porte de sa chambre. Depuis quelques jours, l'étudiant montait secrètement du matériel dans sa pièce. Cette action n'était pas illicite, mais les étudiants n'apportaient normalement rien dans leur repaire. Après tout, l'atelier était disponible en tout temps pour les travaux personnels.

— Qu'est-ce que tu fais encore ? interrogea Pietro en quittant ses notes des yeux.

Ce dernier passait beaucoup de temps dans la chambre. Le garçon était allongé sur sa couchette et étudiait ses notes de cours en buvant tranquillement un verre de vin rouge. Sandro ne comprenait pas pourquoi son ami aimait tant la piquette de l'atelier, qui était à vrai dire un vin sans aucun intérêt.

— Ça ne se voit pas ? Je rapporte du travail à la maison.

— Pour quoi faire ?

— J'en ai marre de bosser avec da Vinci. C'est une vraie plaie, ce fils à papa. J'ai donc décidé de travailler sur un nouveau projet dans le confort de la chambre. Ici, je ne me ferai pas embêter.

Sandro plaça le chevalet près de son lit et l'ajusta minutieusement, de façon à obtenir un éclairage optimal de la fenêtre. Le garçon se tourna ensuite vers son ami. Il affichait un sourire victorieux.

— Je compte entamer la conception d'une nouvelle toile, annonça-t-il solennellement. Une nouvelle madone! Elle sera la plus belle madone de tous les temps, mon cher Van!

— Tu n'auras pas de modèle, fit remarquer l'autre après avoir avalé une rasade de vin rouge. Comment t'y prendras-tu?

— J'offrirai une bonne somme au modèle qui voudra bien venir poser dans notre chambre.

Les yeux de Pietro s'agrandirent brusquement.

— Tu es complètement fou, Sandro! C'est contre le règlement!

— Personne ne le saura… si tu réussis à tenir ta langue.

— Es-tu sûr que c'est une bonne idée? Je n'ai aucune envie d'être expulsé de l'atelier à cause de toi.

— C'est une excellente idée! trancha Botticelli, fatigué d'entendre les jérémiades de son copain.

— Ton projet ne nous apportera que des ennuis, répliqua Pietro avant de retourner à ses notes.

— Il ne me reste qu'à convaincre Vera, souffla Botticelli en ignorant la dernière phrase de Pietro.

Sans plus attendre, Sandro quitta la pièce à la recherche de sa muse. La jeune femme avait déjà servi de modèle pour des œuvres de Botticelli, et tous deux s'entendaient passablement bien.

Leonardo s'était rendu dans la partie de l'atelier où se pratiquait la gravure. Une section de l'endroit était réservée aux créations au fusain. En ce qui concernait les commandes d'acheteurs, le fusain n'était pas très demandé. Toutefois, cette pratique permettait aux étudiants de parfaire leurs talents artistiques. Pour cette raison, Verrocchio encourageait vivement ses élèves à s'exercer à cette technique de dessin. L'atelier vendait aussi du fusain aux artistes de Florence, produit obtenu grâce à la carbonisation de branches de saule en vase clos.

L'inventeur s'était installé à l'une des tables à dessin, dont la tablette était légèrement inclinée. Il dessinait sur un papier parchemin depuis environ une heure lorsque le père de Médicis fit irruption dans la pièce. L'homme chauve n'était pas encore en mesure de voir sur quoi travaillait le jeune da Vinci, puisqu'il faisait face au garçon. Leonardo sifflait un air joyeux tout en réalisant un dégradé d'ombrages particulièrement réussi.

— Leonardo, quelle surprise! s'exclama l'homme d'Église. Vous faites drôlement plus modeste dans cette toge noire.

— Venez voir, mon père, invita l'inventeur sans quitter des yeux son travail. J'ai entamé une œuvre qui devrait vous plaire.

— Vraiment ? s'étonna le père de Médicis, sceptique.

Lorsque l'homme vit le parchemin, son visage blêmit.

Le dessin représentait un être démoniaque possédant sept têtes. Le détail qui choqua le plus l'ecclésiastique fut l'apparence des têtes. Leonardo leur avait donné les traits du père de Médicis. Cette œuvre évoquant l'Apocalypse de saint Jean était choquante.

— Vous regretterez cette diablerie ! s'écria l'homme en quittant la pièce à toute vitesse.

Le visiteur se rendait sans nul doute auprès de Verrocchio pour lui exprimer son mécontentement.

— Ce n'est qu'une ébauche, monsieur, cria l'adolescent.

Malgré le fait qu'il venait de se mettre dans un sérieux pétrin, Leonardo ne put s'empêcher de rire aux éclats.

Sandro parcourait l'atelier de long en large à la recherche de Vera. Pour l'instant, la jeune femme était introuvable. Il pourrait certainement s'informer auprès de ce dernier, car l'inventeur s'était lié d'amitié avec elle depuis son arrivée. Cependant, l'idée de dépendre de ce dernier lui donnait la nausée. C'était contre le règlement, mais Sandro décida de se rendre à l'étage des modèles. Ce n'était pas la première fois qu'il dérogeait à la règle de toute façon. L'artiste entra dans le corridor principal où donnaient toutes les chambres des modèles. Ceux-ci n'occupaient qu'un seul étage, puisqu'ils étaient beaucoup moins nombreux que les étudiants.

À son arrivée, Botticelli fut témoin d'un événement pour le moins fâcheux. Le père de Médicis, vraisemblablement saisi de démence, traversait le corridor à la recherche de quelqu'un. Dans sa course, il bouscula Vera sans retenue. La jeune femme perdit pied et chuta durement sur le plancher en bois.

— Dégagez de mon chemin, petite débauchée! beugla l'homme d'Église sans se retourner.

Ces paroles abjectes furent amplement suffisantes pour faire réagir Botticelli. Le jeune peintre barra la route au père de Médicis. Même si ce dernier avait remarqué le regard hostile de Sandro, il ne comptait pas s'arrêter pour autant.

— Qu'est-ce que vous avez tous à vous mettre sur mon chemin? Je cherche Verrocchio! Où se trouve cet abruti?

Ce dernier commentaire concernant son maître était de trop. Sandro agrippa le coude du vieil homme et le fit pivoter, le maîtrisant d'une ferme clé articulaire. Le peintre était tout à fait conscient que son action allait sûrement lui valoir une expulsion définitive. Malgré tout, il ne permettrait jamais qu'un vieux fou tienne d'odieux propos sur les gens qu'il appréciait.

— J'ai sûrement mal entendu. Que venez-vous de dire à la jeune femme? interrogea Botticelli en chuchotant à l'oreille du père de Médicis.

— Savez-vous qui je suis ? s'écria l'homme d'Église, scandalisé. Je suis le père de Médicis, je peux facilement vous faire expulser de cet établissement !

Vera, qui s'était relevée, était figée de peur devant ce revirement de situation inattendu.

— Restez concentré sur ce qui est vraiment important, mon père, conseilla Botticelli en resserrant son emprise sur le vieil homme. Qu'avez-vous dit à cette jeune femme ?

Sandro entraîna le religieux à proximité de Vera, qui ne pouvait quitter des yeux l'artiste inconscient. Elle craignait les conséquences désastreuses qu'aurait cet acte de bravoure sur la carrière du peintre.

— Vera attend vos excuses, lança Sandro d'un ton impatient.

L'ecclésiastique tourna la tête, déterminé à ne pas obtempérer à la demande de l'étudiant.

Sandro amplifia encore la prise qu'il avait sur le bras de l'agresseur du modèle.

— Je suis désolé ! tonna le père de Médicis.

— Vous voyez, ce n'était pas si difficile, émit Botticelli en relâchant sa victime.

Puis il poussa fermement le vieil homme contre le mur du corridor. Le père de Médicis s'y appuya mollement avant de glisser sur le plancher.

— Gardez bien en tête que certaines personnes se contrefichent de qui vous êtes, père de Médicis, souffla Sandro Botticelli avant de cracher sur l'homme au sol.

L'artiste fit un clin d'œil amical à Vera avant de tourner les talons. Malgré son air décontracté, Sandro avait le cœur qui pompait à une cadence à tout rompre. Le moment était mal choisi pour discuter avec le modèle de la proposition qu'il avait à lui faire. Leur conversation devrait donc attendre.

— Garçon, commença le père de Médicis en se remettant debout avec peine, vous venez de vous faire un ennemi puissant !

— Un de plus, énonça simplement Sandro Botticelli en s'éloignant.

L'homme d'Église fusilla du regard la jeune femme qui n'avait pas bougé depuis plusieurs minutes.

— Qu'est-ce que vous faites encore là ? aboya-t-il.

Vera regagna sans se faire prier le confort de sa chambre.

Fort découragé, Andrea Verrocchio regardait les prêtres charger les œuvres de ses étudiants dans des charrettes à l'extérieur de l'atelier. Les mésaventures survenues avec Botticelli et da Vinci avaient convaincu le père de Médicis d'effectuer une saisie titanesque au nom de l'Église catholique. « Les choses n'auraient pu tourner plus mal », songea Andrea Verrocchio. La plupart des œuvres prises par l'homme d'Église représentaient des commandes passées par des clients importants. Ce serait donc pour l'atelier une énorme perte d'argent, mais aussi de temps. Les prêtres de la basilique Santo Spirito allaient et venaient avec des toiles entre les mains. Le père de Médicis surgit,

accompagné de deux de ses disciples. Ces derniers traînaient de force Leonardo et Sandro.

— Nous emmenons avec nous ces deux garçons, Andrea, dit le père en montrant du doigt les deux élèves.

— Pour quelle raison? s'insurgea le grand maître.

— Ce sont des hérétiques, ils doivent donc être soumis à un interrogatoire. S'il s'avère qu'ils sont innocents, ils pourront revenir ici.

Verrocchio répliqua furieusement :

— Personne n'est jamais innocent après avoir passé vos prétendus interrogatoires, qui ressemblent plus à de la torture qu'autre chose.

— Surveillez vos paroles, Verrocchio, avertit le père de Médicis.

La scène, qui se déroulait à l'extérieur de l'atelier, ne semblait pas attirer l'attention des passants. En effet, la population était habituée à de tels éclats et il n'était pas conseillé à quiconque de s'interposer. Toutefois, aujourd'hui, il y aurait une exception à la règle.

— Surveillez plutôt vos propres paroles, mon cher Antoine! déclara un homme en s'approchant de la petite troupe.

Il s'agissait de Laurent de Médicis, le jeune cousin de l'homme d'Église. C'était aussi l'un des dirigeants de la République florentine et un grand ami d'Andrea Verrocchio. Il était vêtu de façon particulièrement luxueuse. Il portait un élégant costume d'une teinte rouge vin, agrémenté d'un foulard de couleur plus vive. Les poignets de sa chemise, sous son pourpoint, étaient recouverts de daim teinté de couleur sombre.

L'homme politique était accompagné, et sa présence sur les lieux ne semblait pas le fruit du hasard. En effet, Vito Pazzi comptait parmi ses compagnons. Verrocchio fit un subtil clin d'œil au jeune garçon, qui était venu à son secours une fois de plus. Vito avait réussi à faire se déplacer celui qu'on appelait Laurent le Magnifique. Ce surnom ne concernait évidemment pas la beauté physique de l'individu : le pauvre possédait un nez particulièrement imposant et une chevelure en champignon qui ne le mettait pas vraiment en valeur. Le nom faisait plutôt référence à sa carrière profession-nelle, car le peuple aimait cet homme. Et Laurent de Médicis aimait le peuple en retour. De plus, il était un fervent protecteur des arts. Le maître de l'atelier avait récemment traité lui-même une commande passée par ce dernier – un buste qui avait été généreusement payé.

Le père de Leonardo comptait aussi parmi les membres du groupe. Piero Antonio travaillait étroite-ment avec Laurent de Médicis ; sa présence n'était donc pas étonnante. Par contre, Leonardo se deman-dait bien qui était l'étranger accompagnant les trois autres. Il devait être âgé dans la trentaine, présuma l'inventeur. L'homme à l'aspect distingué avait le côté gauche du visage défiguré, probablement gravement brûlé. À cause de cela, l'individu semblait arborer un continuel sourire en coin. Malgré son apparence, l'homme n'avait pas trop perdu de charme. Quelque chose dans son allure laissait supposer une personne hautement cultivée. Ses cheveux noir charbon,

présents uniquement du côté indemne de son crâne, étaient peignés avec soin. Une longue mèche couvrait légèrement son visage. Le père de Médicis considéra les nouveaux venus avec stupéfaction.

— Qu'est-ce qui se passe ici ? interrogea Laurent, suspicieux.

— Ces garçons ont offensé le Seigneur, répondit l'homme d'Église. Ce sont des hérétiques !

— Dites plutôt qu'ils vous ont offensé, corrigea l'homme au visage défiguré sur un ton pour le moins méprisant.

Le père de Médicis dévisagea ce dernier avec autant de mépris. Les deux hommes n'en étaient visiblement pas à leur première altercation.

— Vous ne pouvez intervenir dans le dessein de Dieu, monsieur Ferrazini ! s'indigna l'ecclésiastique, furieux.

Le dénommé Ferrazini éclata d'un rire peu respectueux, qui en disait long sur sa foi.

— Comme si vous aviez la moindre idée du dessein de Dieu, Antoine !

— Relâchez immédiatement ces deux garçons, ordonna Laurent de Médicis. Vous n'êtes pas sans savoir que l'un d'eux est Leonardo da Vinci, le fils de Piero.

Le père de Leonardo s'abstint de tout commentaire. Même si son fils le mettait encore dans l'embarras, cette fois-ci au moins il n'aurait pas à gérer la crise.

— Ce garçon a dessiné une représentation du démon! éclata le vieil homme en ne spécifiant pas l'apparence des têtes qu'avait la bête.

— Était-elle terrifiante? interrogea Laurent de Médicis avec une idée derrière la tête.

— Diabolique! répliqua son cousin en jetant un regard sévère à Leonardo.

— C'est parfait! déclara l'homme politique. Si cette représentation est terrifiante, ceux qui la verront craindront le diable et se tourneront vers Dieu. C'est une affaire classée. Leonardo n'avait que de bonnes intentions.

L'homme d'Église en resta coi.

— Maintenant, continua Laurent le Magnifique, parlons argent! Vous semblez fort intéressé par les œuvres de l'atelier. Vous êtes un saint homme, mon cher Antoine. Vous avez le cœur sur la main. La valeur des œuvres que vous avez mises dans vos charrettes atteint largement les deux mille florins.

— Euh… possiblement…

Le visage du dirigeant de la basilique Santo Spirito avait blanchi.

— Combien pensez-vous offrir à ce cher Verrocchio? interrogea Laurent en souriant largement.

— Connaissant votre âme généreuse, dit le défiguré d'un ton sarcastique, je m'attends fort à être bouleversé par le montant que vous proposerez.

95

Le père de Médicis ne savait comment réagir. S'il refusait de payer pour les œuvres qu'il avait escompté réquisitionner, il ne ferait que ternir la réputation de l'église Santo Spirito.

— Je songeais en offrir trois mille florins, déclara-t-il en sentant toute l'attention rivée sur lui.

— Merveilleux ! s'exclama Laurent de Médicis. Nous devons tous fêter ça !

— En effet, déclara le religieux sombrement.

Une fois de plus, Leonardo lui échappait.

8

L'alchimiste

Le professeur Ferrazini était de retour depuis peu de son voyage en Chine. De ce fait, les cours d'alchimie commençaient dès aujourd'hui et Leonardo était impatient. Il se demandait comment se débrouillerait son nouveau professeur. Comme pour les autres cours optionnels, le cours d'alchimie était donné à l'extérieur de l'atelier. Les locaux étaient situés au nord de Florence, dans un ancien théâtre transformé en laboratoire. Il n'y avait que dix élèves souhaitant apprendre cette science, dont Leonardo et Alberto de Corleone. L'inventeur avait été heureux d'apprendre que Sandro Botticelli n'assisterait pas à ce cours. Celui-ci avait opté pour les cours de science de la nature et d'anatomie. Leonardo et Alberto se rendaient donc ensemble à l'ancienne salle de théâtre. Alberto connaissait bien l'endroit, au grand soulagement de Leonardo qui ne possédait pas un excellent sens de l'orientation.

— Dis-moi, pourquoi t'intéresses-tu à l'alchimie ? interrogea Leonardo, curieux.

Alberto était un garçon particulièrement costaud et l'adolescent l'imaginait difficilement en train de manipuler des éprouvettes. C'était un forgeron pur et dur.

— Je porte un intérêt particulier à la transmutation des métaux.

— Je vois… Monsieur rêverait-il de transformer le plomb en or ? demanda Leonardo, amusé.

— Peut-être bien, répliqua Alberto, le sourire aux lèvres.

Les deux garçons arrivèrent à destination. Le vieux théâtre de Florence était un grand bâtiment de pierre qui semblait avoir été construit il y a des centaines d'années. Un large escalier menait aux trois grandes portes d'entrée. L'ensemble des fenêtres ayant été placardé avec du bois, l'intérieur des lieux devait être éclairé à la chandelle.

— Seigneur, souffla Alberto en montant les marches, cet endroit ne me dit rien de bon.

Le bâtiment avait sûrement connu des jours meilleurs. Il semblait abandonné, avec ses murs noircis et sales.

L'inventeur ouvrit la porte qui émit un grincement lugubre. L'intérieur de l'ancien théâtre était à peine éclairé. Malgré tout, la lueur des chandelles permettait de distinguer vaguement les murs.

— Bon, dit Leonardo en se tournant vers Alberto, j'imagine que nous pouvons entrer.

— J'aurais dû choisir les sciences de la nature, se désola Alberto en secouant la tête.

Vera n'avait pas pu refuser la demande de Sandro Botticelli. Elle allait donc poser pour la nouvelle œuvre de l'artiste. Sandro lui avait procuré une robe rose ainsi qu'un ample pardessus bleu ciel. La jeune femme était allée s'habiller avant de revenir dans la chambre du peintre.

— On pourrait croire que j'attends un enfant avec cette robe, se plaignit Vera en pénétrant dans la pièce. À quoi bon tous ces exercices si c'est pour paraître grosse sur les toiles où je suis peinte.

— Tu es magnifique, Vera, assura Botticelli tout en installant une toile sur le chevalet. Mais dans le contexte de mon œuvre, la Sainte Vierge vient à peine d'accoucher. Nous pouvons donc imaginer qu'elle est encore un peu rondelette. Elle possédera malgré tout l'éclat incroyable de ta beauté.

— Hum ! grogna la jeune femme en refermant la porte derrière elle.

Botticelli invita Vera à s'asseoir sur le lit de Pietro.

— En quoi consiste cette toile au juste ? interrogea le séduisant modèle.

— Il y aura la Sainte Vierge, son enfant ainsi que deux anges.

Botticelli plaça les différents pots en terre cuite contenant ses couleurs sur une petite tablette à la base de son chevalet.

— Qui servira de modèle pour les anges ?

— J'ai demandé à Lorenzo di Credi. J'ai en tête de petits anges enfantins. Puisque je manque de budget, Lorenzo servira de modèle pour les deux.

Cette révélation amusa Vera, mais nul doute que Lorenzo ferait un excellent chérubin. Il n'y avait pas plus sage que lui à l'atelier.

— Maintenant, reprit le peintre plus sérieusement, place tes mains comme si tu tenais un enfant et que tu regardais dans sa direction. Il doit y avoir de l'amour dans tes yeux. Tu contemples le petit Jésus, après tout !

Vera s'exécuta aussitôt. Elle avait l'habitude de jouer des rôles.

— Magnifique ! s'exclama Sandro, enjoué. Maintenant, ne bouge plus pendant quelques heures.

— D'accord, répondit Vera en prenant la pose.

Vera était particulièrement habile. D'un seul coup, elle se figeait comme une statue. Seule sa bouche s'activait.

— Alors, pourquoi tenais-tu tant à peindre cette toile dans ta chambre ?

Botticelli examina son modèle d'un œil concentré, puis il commença son œuvre.

— J'ai toujours Leonardo dans les pattes. Ici, c'est beaucoup plus tranquille. Il n'y a vraiment rien à faire, je ne peux pas le sentir, ce da Vinci. Quelque chose cloche avec ce garçon. Il n'apportera que des problèmes à l'atelier. La mésaventure avec le père de Médicis le prouve parfaitement.

— Tu n'y es pas allé de main morte non plus.

— Toute cette histoire est arrivée par la faute de Leonardo, exposa Botticelli sans cesser de travailler.

C'est lui qui a mis le vieil homme dans tous ses états. Cependant, ça n'excuse en rien le comportement du religieux. Il n'avait pas le droit de te traiter comme il l'a fait. S'il le fallait, je le remettrais à sa place sans hésiter.

— Merci, déclara la jeune femme, légèrement gênée.

Botticelli fit un clin d'œil charmeur à Vera.

Leonardo occupait l'un des sièges de l'auditorium. La salle était éclairée grâce aux nombreuses torches accrochées aux murs. La lueur dans laquelle baignait l'endroit donnait à celui-ci un aspect particulièrement mystique. Outre les huit autres étudiants, l'inventeur remarqua la présence d'une dizaine d'individus. Plusieurs d'entre eux, qui se trouvaient au fond de la salle, dissimulaient leur identité à l'aide de masque de porcelaine. La raison de cette mascarade échappait entièrement à Leonardo.

— C'est bizarre, déclara Alberto en explorant la salle des yeux, il y a des hommes louches un peu partout. J'espère qu'il n'y a pas de sacrifices humains en alchimie. Il me semble que leur accoutrement est propice à ce genre de rituel…

L'idée amusa l'inventeur.

— Silence! cria une voix autoritaire venant de la scène.

Quand Leonardo regarda dans cette direction, il reconnut immédiatement son nouveau professeur.

C'était l'homme défiguré qui avait accompagné son père et Laurent le Magnifique lors de leur visite à l'atelier.

— Bonjour à tous, je suis Warress Ferrazini. C'est moi qui vous initierai à l'alchimie cette année. Le cours aurait dû débuter il y a plusieurs semaines, seulement ma présence était requise ailleurs. Mais ne vous inquiétez pas, nous rattraperons vite le temps perdu.

Warress portait une chemise rouge foncé sous un pourpoint de cuir sombre. Il avait enfilé de longs gants en cuir qui lui montaient jusqu'aux épaules. Ceux-ci étaient rattachés à une sorte de gorgerin en métal sombre qui couvrait ses épaules. Il s'agissait sans nul doute d'une mesure de sécurité. En alchimie, il était courant de manipuler des produits dangereux.

— L'alchimie se résume en trois branches principales, reprit Warress en s'avançant sur la scène. La première d'entre elles est le désir de l'immortalité. Si l'homme craint une chose, c'est bien la mort. Avec l'alchimie, certains espèrent atteindre l'immortalité.

— Et vous, professeur, croyez-vous que ce soit possible ? interrogea l'un des élèves.

— Non, répondit le défiguré en riant, je n'y crois pas vraiment. Je peux croire néanmoins à une longévité accrue grâce au savoir de l'alchimie. Un jour, peut-être, nos techniques nous permettront de connaître chacune des parcelles du corps humain et de déjouer ainsi le dessein de Dieu. Toutefois, ce jour est loin d'être arrivé. C'est triste, je vous l'accorde, mais chacun d'entre nous devra mourir.

Quelques rires se firent entendre de part et d'autre de l'auditorium.

— La deuxième branche est la transmutation des métaux. Encore une fois, je suis réticent au sujet de certaines transmutations. Je ne crois pas qu'il soit possible de changer du plomb en or, malgré la conviction qui habite plusieurs de mes confrères à ce sujet.

Alberto administra un coup de pied contre la table devant lui.

— Je me demande bien ce que je fais ici, souffla-t-il en s'affaissant dans son siège, les bras croisés.

— Ne fais pas cette tête, chuchota Leonardo. Je suis sûr que ce cours sera passionnant.

Les deux garçons reportèrent leur attention sur le professeur, qui poursuivait son exposé.

— Il est tout de même possible d'opérer des changements à plusieurs métaux. Je ne vous dirai pas que nous pouvons transformer du plomb en or. Cependant, je n'hésite pas à vous annoncer qu'il est possible de transformer le plomb de manière à ce qu'il ressemble à l'or. Ce genre de transformation peut être appliqué à bon nombre de métaux.

— À quoi peut bien servir de telles transformations ? interrogea Leonardo qui ne voyait pas trop le but de cette pratique.

Warress parut fort amusé par la réflexion du jeune inventeur. Leonardo entendit même quelques rires en provenance du fond de la salle où se trouvaient les individus masqués.

— À bien des choses, monsieur da Vinci. Nous reviendrons sur le sujet au cours de l'année.

Le professeur reprit ses explications :

— La troisième branche, mais non la moindre, est la guérison par les plantes. En alchimie, vous apprendrez toutes les vertus des plantes. Vous concocterez aussi une série de potions aux utilités médicales variées et vous distillerez de l'alcool.

Warress fit une courte pause en caressant la partie abîmée de son visage.

— En toute sécurité, cette fois, déclara-t-il avec un sourire.

Leonardo se considéra comme bien chanceux de n'avoir subi aucune blessure sérieuse lors de ses expérimentations passées. Warress n'avait pas eu cette chance et son accident le suivrait toute sa vie. Ce devait être pour cela qu'il portait un lourd attirail de protection : l'alchimiste avait appris de ses erreurs.

— Maintenant, chers camarades, passons au laboratoire, proposa le professeur. Le meilleur moyen d'apprendre est par la pratique. Suivez-moi !

Warress passa en arrière-scène, laissant ses spectateurs seuls dans l'auditorium. Les deux garçons échangèrent un regard perplexe.

— J'imagine qu'on doit le suivre, dit Leonardo en se levant.

La salle aux vieux murs en bois qui faisait office de laboratoire était particulièrement sombre; elle n'était éclairée que par trois chandelles. Comme l'avait expliqué l'alchimiste, cette obscurité était nécessaire à l'expérimentation prévue cette journée-là. Les étudiants avaient tous pris place sur les chaises disposées devant un large tableau blanc sur pied en bois. L'enseignant alla jusqu'à une étagère qui contenait toutes sortes de bouteilles et d'objets étranges aux fonctions encore inconnues. Il choisit parmi les centaines d'articles une bouteille au verre si sombre qu'il était impossible d'en identifier le contenu.

— Aujourd'hui, nous allons étudier une substance qui réagit à la lumière.

Warress déboucha la bouteille et la vida dans un récipient, en verre également. Le liquide était légèrement opaque.

— Nous avons ici du chlorure d'argent, annonça le professeur. Ce composé réagit très vivement à la lumière.

Le professeur sortit de sa poche un large pinceau et le trempa dans le liquide opaque. Leonardo était curieux de voir ce qui suivrait. L'alchimiste étendit une généreuse couche de la substance sur le tableau. Lorsque le tableau fut entièrement recouvert, Warress tourna son attention vers le groupe.

— Voilà! dit-il joyeusement. Maintenant, j'aurais besoin de votre aide, monsieur da Vinci.

— D'accord, répondit Leonardo en se levant.

— Venez ici, mon cher. N'ayez pas peur, il n'y a presque rien à craindre.

L'inventeur rejoignit Warress à l'avant de la classe.

— Mettez-vous devant le tableau et levez vos bras à l'horizontale, demanda l'alchimiste.

Leonardo acquiesça à la demande de son professeur.

— Excellent ! Maintenant, restez immobile quelques instants.

Warress se rendit jusqu'à l'étagère et empoigna parmi les instruments qui s'y trouvaient une sorte de tige métallique dont l'embout avait la forme d'un entonnoir fermé. Il sortit de sa poche un flacon contenant une poudre sombre.

— Nous avons ici de la poudre noire, dit le professeur en remplissant l'entonnoir métallique. Il s'agit d'un mélange déflagrant de nitrate de potassium. Il servira ici d'élément luminescent pour notre expérience. Sentez-vous libre de répéter l'expérience à la maison, mais ne venez pas vous plaindre lorsque vous serez mort !

La classe parut fort amusée par l'avertissement de l'alchimiste. Toutefois, pour le moment, Leonardo partageait un peu moins leur joie. L'ambiance était plutôt agréable dans cette classe. Warress traitait son sujet avec humour. Le jeune inventeur s'était imaginé le professeur d'alchimie comme une sorte de scientifique fou. Finalement, ses prévisions étaient entièrement erronées. À première vue, Warress semblait être l'un des meilleurs professeurs qu'il aurait cette année.

— Maintenant, je vous conseille à tous de fermer les yeux. La poudre émettra une forte déflagration durant une fraction de seconde. Cependant, cela serait bien assez suffisant pour vous causer des dommages irréparables aux yeux. C'est parti !

Warress tourna la tête de manière à protéger le côté indemne de son visage. Ensuite, il prit l'une des chandelles à proximité et la plongea dans l'entonnoir qu'il tenait bien haut. Une explosion éclaira la pièce durant un instant. Malgré ses yeux clos, Leonardo put apercevoir la déflagration à travers ses paupières.

— Super ! s'écria le professeur. Vous pouvez maintenant regarder le tableau.

La lumière avait eu un étrange effet sur la substance appliquée sur le tableau. Le chlorure d'argent noircissait au contact de la lumière. De ce fait, le tableau avait complètement noirci excepté où s'était trouvée l'ombre de Leonardo. Sa silhouette était restée figée sur le tableau, comme une ombre inversée. Les applications d'une telle découverte semblaient vastes aux yeux de l'adolescent. La classe semblait avoir aimé l'expérience autant que le jeune inventeur. Il est vrai que le résultat était assez étonnant.

— La lumière de cette pièce était bien suffisante pour faire réagir le chlorure d'argent. Cependant, la silhouette de notre ami aura entièrement disparu dans quelques minutes.

Après une courte pause, il ajouta :

— Allons maintenant visiter ma bibliothèque personnelle. Il est temps de vous faire connaître vos livres d'étude. J'espère que vous aimez la lecture, car ils sont très nombreux.

Alberto étouffa un juron entre ses lèvres. Il semblait regretter son choix de cours. Pour sa part, Leonardo était plutôt heureux à l'idée de pouvoir consulter quelques livres d'alchimie. Ces ouvrages étaient particulièrement difficiles à trouver. En fait, l'inventeur n'avait jamais réussi à mettre la main sur l'un d'eux. Il songea qu'il apprendrait beaucoup grâce à ce cours. Peut-être même y acquerrait-il des notions cruciales à la réalisation de son but ultime : parvenir à voler.

9

Une entente fructueuse

Leonardo et Alberto regagnaient tranquillement l'atelier lorsque Vito Pazzi fit son apparition au bout de la rue. À en croire l'expression qui éclaira son visage, le maraudeur cherchait justement son camarade.

— Leo, te voilà ! s'écria-t-il en s'approchant au pas de course.

Le jeune Pazzi arriva en face des deux garçons.

— Alberto, il faudrait que je m'entretienne personnellement avec Leo.

— Pas de problème, répliqua le garçon costaud. On se revoit plus tard, Leonardo.

Alberto salua poliment et continua sa route sans faire d'histoires. Vito scruta les alentours avant de parler. C'était un tic chez le garçon ; il s'agissait peut-être d'une déformation professionnelle. Comme il n'y avait pas de curieux à proximité, Vito se lança :

— Leo, je veux te montrer un truc que tu risques d'apprécier ! Ce n'est pas très loin d'ici, alors suis-moi.

Vito conduisit Leonardo jusque dans un quartier sombre de Florence. Les bâtiments y semblaient encore plus anciens que le vieux théâtre où avait lieu le cours d'alchimie. Les rues étaient entièrement désertes. Décidément, il s'agissait d'un quartier très tranquille.

— Pourquoi m'emmènes-tu ici, Vito ? interrogea Leonardo, perplexe.

— Un peu de patience, Leo !

Vito mena son ami jusqu'à l'avant d'un vieux bâtiment de pierre, coincé entre deux immeubles moins élevés. À Florence, les constructions étaient nombreuses et, bien souvent, elles étaient collées les unes contre les autres. Cela pouvait parfois donner l'impression qu'il s'agissait d'un seul grand bâtiment, mais il n'en était rien.

— Voilà l'entrée, informa Vito en désignant une porte en bois.

Le garçon sortit une clé de sa bourse en cuir qui était attachée à sa ceinture. Il ouvrit aussitôt la porte qui donnait sur un escalier montant.

— Nous y sommes, déclara Vito en invitant Leonardo à monter le premier.

L'inventeur s'exécuta sans discuter. Les deux copains grimpèrent jusqu'au deuxième étage. Il n'y avait qu'une seule grande pièce au plafond élevé. Au fond de la salle, Leonardo remarqua un imposant vitrail de forme sphérique. Il s'agissait de l'unique fenêtre de la pièce. Malgré tout, les lieux étaient suffisamment éclairés. L'ameublement était assez élémentaire : il consistait en une large table en bois qui trônait au centre de la pièce. L'endroit semblait abandonné depuis longtemps car une épaisse couche de poussière couvrait les lieux.

— Vito, que venons-nous faire ici ? questionna Leonardo.

— Nous venons voir ton nouvel atelier. Alors, qu'est-ce que tu en dis ?

Leonardo afficha une expression ahurie, ne sachant pas trop s'il avait bien compris.

— Quoi ?

— Tu me parlais l'autre jour de ton projet de construction de l'Aves 3, dit Vito en pénétrant dans la pièce. Je me suis dit que tu aurais besoin de ton propre atelier. Après tout, celui de Verrocchio n'est peut-être pas l'endroit le plus approprié pour ce genre de projet. Ici, tu ne manqueras pas de place et tu auras un accès direct à l'extérieur.

Le maraudeur pointa le doigt vers le vitrail. L'imposante conception de verre était montée sur un cadre de fer amovible. De cette façon, la pièce offrait un large accès vers l'extérieur lorsque le vitrail était ouvert.

— C'est merveilleux, dit Leonardo, les yeux exorbités. Mais je n'ai pas suffisamment d'argent pour m'offrir un local comme celui-ci. Encore moins à Florence, car le loyer doit être terriblement cher.

— Oublie le prix du loyer. Je ne compte pas louer cet endroit… je l'ai acheté ! Le propriétaire me devait un service, alors j'ai négocié avec lui pour acquérir ce local.

En plus, c'est un quartier peu fréquentable, un détail que j'ai pris en compte lors des négociations.

Leonardo scruta des yeux l'endroit. Il serait facile de transformer ce nid à poussière en atelier digne de ce nom. Tout semblait parfait, peut-être même trop. Leonardo fronça les sourcils en y songeant.

— Pourquoi me ferais-tu un cadeau pareil ? questionna l'inventeur. Cela me semble excessif.

— En fait, commença Vito avec hésitation, j'aurais besoin d'un service.

Perplexe, l'inventeur regarda son ami. Il ne voyait pas trop comment il pourrait lui être d'une aide quelconque. Il était difficile de croire que Vito pouvait avoir besoin d'un coup de main, lui qui était si rusé.

— De quoi s'agit-il ?

— Connais-tu une dénommée Déborah ? demanda le voleur d'un air gêné. Elle est modèle à l'atelier.

— Bien entendu, répondit Leonardo qui commençait à comprendre.

Il avait déjà remarqué l'intérêt que portait Vito à la charmante Asiatique.

Vito expliqua :

— J'aimerais que tu t'informes un peu sur ses goûts, tu sais, pour apprendre ce qu'elle aime. Si possible, je voudrais aussi savoir ce qu'elle pense de moi. Mon problème, c'est que je ne suis pas très doué avec les filles. Si je pouvais en connaître un peu plus sur elle, ça m'aiderait à l'aborder. Tu comprends ?

Leonardo prit quelques secondes pour réfléchir à la demande de son ami. Il fit le tour de la salle des yeux avant de répondre.

— Je comprends tout à fait et j'accepte l'entente sans hésiter.

— Excellent ! s'exclama le maraudeur.

Les deux amis échangèrent une chaude poignée de main.

— Mais ne va pas charmer le cœur de Déborah, déclara Vito sérieusement.

Leonardo éclata de rire.

— Ne t'inquiète pas, mon cher, assura Leonardo en administrant une tape amicale sur l'épaule de son ami, je ne te volerai pas ta bien-aimée !

Une autre journée venait de se terminer à l'atelier et, comme à l'accoutumée, Leonardo était épuisé. Malgré tout, l'inventeur devait encore lire plusieurs ouvrages. Comme l'avait spécifié Warress, le cours d'alchimie exigeait beaucoup d'étude. Leonardo avait reçu une copie de la *Table d'émeraude* d'Hermès Trismégiste. Le texte en lui-même était plutôt court, mais sa compréhension se révélait considérablement ardue. Il était composé d'une douzaine de formules particulièrement ténébreuses. Selon Warress, la *Table d'émeraude* était un texte clé de l'alchimie. Leonardo devait rédiger un texte de mille mots sur cet ouvrage pour le prochain cours. Pour l'instant, il se demandait bien comment il

allait y parvenir, puisqu'il ne comprenait absolument rien de sa lecture.

L'adolescent devait aussi lire l'œuvre intégrale de Jabir Ibn Hayyan, un célèbre alchimiste musulman beaucoup plus connu sous le nom de Geber. C'était un pionnier de la distillation de l'alcool et de bien d'autres procédés comme la cristallisation, la calcination et l'évaporation. Les textes de Geber intéressèrent beaucoup plus Leonardo. Mais l'attention de celui-ci fut détournée lorsqu'il entendit la porte de la chambre s'ouvrir. C'était Lorenzo qui revenait d'une autre aventure somnambulique. Le phénomène se produisait toutes les nuits. Cela avait inquiété Leonardo les premiers jours, mais il avait vite compris que les promenades nocturnes de son ami étaient sans conséquence. Le jeune garçon retourna à son lit sans un mot et se recoucha. Leonardo se dit qu'il devrait en faire autant et déposa son livre sur sa table de chevet. Demain, une autre journée chargée l'attendait.

— Combien de temps restera-t-il à l'atelier ? interrogea Warress qui prenait place en face du bureau d'Andrea Verrocchio.

L'alchimiste avait décidé de rendre une petite visite à son vieil ami pour lui faire un compte rendu des premières semaines de cours. Le retard avait été rattrapé rapidement. Warress était donc très satisfait de la vitesse à laquelle apprenaient les élèves. Les nouvelles apportées par le professeur étaient bonnes. Le propriétaire de l'atelier recevait toujours avec une grande joie l'alchimiste en ses murs. Si les deux hommes travaillaient dans des domaines bien différents, ils avaient tout de même plusieurs passions communes.

— Cela dépendra de son talent, expliqua Andrea. Leonardo est loin d'être le meilleur de son groupe. Je dois avouer qu'il excelle particulièrement dans les domaines de l'ingénierie et de l'anatomie. Il semble aussi doué en alchimie, à en croire vos dires. Par contre, ce garçon ne s'applique pas assez au niveau artistique. Il est trop passionné par ses cours qu'il en oublie le principal : devenir un maître. Comme vous le savez, je ne compte garder que la moitié de la classe à la fin de cette année. Pour l'instant, je ne crois pas que Leonardo restera.

Warress but une gorgée de vin rouge. Il grimaça légèrement en l'avalant.

— C'est dommage, dit l'homme défiguré. Ce garçon semble avoir un énorme potentiel. S'il n'est pas sélectionné parmi vos élèves, je lui proposerai de devenir mon apprenti. Si ce jeune n'a pas d'avenir en art, il en a en alchimie.

— Nous verrons cela, répliqua Verrocchio, songeur. L'avenir de Leonardo n'est pas encore décidé.

— Certes, accorda l'alchimiste. Mais espérons qu'il exploitera au maximum son grand potentiel.

10
Le projet décisif

Le maître de l'atelier avait convoqué son groupe d'élèves dans la salle de conférence. Cette rencontre inattendue en avait surpris plus d'un la journée précédente. Leonardo devait lui-même avouer qu'il était impatient de connaître la raison de cette réunion. Les étudiants étaient donc tous de retour à la table circulaire où l'année avait commencé. Il y avait quelque chose de différent dans le regard des élèves. Les semaines intensives passées à l'atelier les avaient changés. Ils semblaient plus avisés et savaient un peu mieux à quoi s'attendre. Même ceux du deuxième cycle avaient mûri davantage. Les nouvelles conditions imposées par Andrea Verrocchio les avaient contraints à être plus performants. Chose certaine, tous voulaient revenir l'an prochain et certains étaient prêts à tout pour y parvenir.

Andrea Verrocchio fit son entrée. Il alla se poster au centre de la pièce.

— Bonjour à tous, débuta-t-il en déposant ses notes sur la table. Je me dois de commencer par vous dire que je suis très fier de vous. Malgré quelques petites embûches, l'année se déroule fort bien.

Le regard du maître passa de Sandro à Leonardo. Il était évident que le début de la dernière phrase concernait les deux garçons et leur mésaventure avec le père de Médicis. Aucune répercussion grave n'avait résulté de l'événement. Mais depuis, l'homme d'Église détestait autant Sandro Botticelli que Leonardo da Vinci, et les deux antagonistes partageaient un sentiment analogue à l'égard du religieux. Andrea avait fait remarquer à Leonardo qu'il ressemblait à Botticelli sur bien des points et que là résidait peut-être la source de leurs conflits. Cette réflexion avait rendu l'inventeur pour le moins perplexe. Malgré cette troublante vérité, il ne pouvait s'empêcher de détester le vantard qui l'avait si mal accueilli.

— Vous êtes tous très talentueux, complimenta Andrea en souriant, et votre travail est vraiment satisfaisant. Les acheteurs ont été absolument enchantés par le travail de ceux qui ont œuvré sur des commandes, comme Pietro et Lorenzo.

Lorenzo n'avait décidément rien d'un vantard. Le garçon n'avait jamais fait mention qu'il avait bossé sur des commandes. Leonardo, aussi humble soit-il, n'aurait pas pu s'empêcher d'en parler.

— Beau travail, mon gars ! souffla Leonardo à l'oreille de Lorenzo qui prenait place à côté de lui.

— Merci, souffla le jeune prodige, gêné du compliment.

Jusqu'ici, Leonardo n'avait encore jamais été assigné à des commandes. Toutefois, cela ne le frustrait pas du tout, car il savait très bien qu'il n'était pas encore prêt. L'adolescent était certes talentueux, mais cela ne suffisait pas. Il ne possédait encore qu'un talent élémentaire, qu'il fallait affiner. Cela se comparait à l'or brut qu'il fallait purifier.

— Maintenant, déclara Andrea qui arrivait au sujet principal, je vous annonce que j'ai pris une décision. Pour qu'il me soit plus facile de juger de ceux qui méritent d'avoir une place à l'atelier l'an prochain, je vous réclamerai plusieurs conceptions originales au long de l'année.

— Qu'est-ce que vous entendez au juste par conceptions originales? interrogea Sandro Botticelli qui se trouvait de l'autre côté de la table.

— Je parle d'œuvres originales que vous effectuerez durant vos temps libres. Vous aurez des dates de remise pour chacune d'entre elles. Il y aura cinq projets à remettre dont j'évaluerai la qualité. Au moins quatre de vos projets devront satisfaire aux critères d'excellence de l'atelier, sinon vous serez expulsés.

Botticelli échangea un regard sombre avec son ami Pietro. L'idée n'enchantait pas davantage Leonardo qui avait déjà bien assez de travail.

— J'arrive déjà à peine à dormir avec tous les devoirs reliés aux cours optionnels, se plaignit Sandro Botticelli d'un ton maussade.

— Personne ne vous retient ici, monsieur Botticelli! lança Verrocchio en jetant un regard sévère au garçon. J'ai cru comprendre que certains de vos frères tiennent un atelier d'art. Libre à vous de les rejoindre.

— Peut-être bien, répliqua le jeune peintre entre ses dents.

— Vous êtes tous en formation à mon atelier. Ici, je forme les meilleurs artistes de Florence, voire de toute l'Italie. Pour exceller, il vous faut travailler.

Sandro Botticelli haussa les épaules, affichant ainsi son attitude d'insouciance habituelle. Le peintre se considérait tout de même comme chanceux d'avoir déjà commencé un projet personnel qui ferait très bien l'affaire : sa nouvelle madone.

— Sur ce, conclut Andrea, vous pouvez retourner à vos occupations. Je vous donne la journée pour songer à votre premier projet. La date de remise est dans trois semaines à compter d'aujourd'hui.

Ce délai paraissait bien court à Leonardo. De plus, il n'avait pas la moindre inspiration. Son esprit était surtout tourné vers son nouvel atelier et l'Aves 3. Vito lui avait fourni le matériel nécessaire à sa conception. Dans les semaines à venir, l'inventeur comptait bien refaire une nouvelle tentative. Mais s'il voulait rester à l'atelier, il devrait se discipliner et accorder plus de temps à la peinture.

C'était une belle journée ensoleillée et il était inconcevable pour une personne normale de rester cloîtrée entre des murs de pierre. Cependant, Sandro Botticelli avait trouvé que l'occasion était parfaite pour travailler sur sa toile. Il avait été déçu de ne trouver nulle part la ravissante jeune femme qui lui servait de modèle. Tout de même, il comptait bien faire avancer son tableau en cette journée de congé. Mais sans Vera, il devrait se contenter de peindre l'arrière-plan, de quoi largement l'occuper.

L'artiste s'empara d'un pinceau et se mit au travail. La porte de la chambre s'ouvrit, livrant passage à Pietro Vannucci accompagné de son habituelle bouteille de vin.

Le garçon dit :

— J'ai apporté du fromage. Tu en veux ?

Botticelli ferma les yeux, découragé par la goinfrerie de son copain de chambre.

— Non, répondit-il sans s'arrêter, mais c'est gentil à toi.

Pietro s'étala de tout son long sur sa couchette et rota bruyamment. Le garçon rondelet avait les joues plus rouges qu'à l'accoutumée ; il devait avoir forcé sur la piquette une fois de plus. Malgré ses nombreux défauts, Pietro était un artiste particulièrement talentueux. De ce fait, Sandro se forçait afin de ne pas le juger trop sévèrement.

— Alors, commença Pietro en se tournant vers son ami, vas-tu te servir de cette toile comme projet ?

— Oh oui ! Et toi, tu devrais vite te mettre au boulot. Sinon tu risques d'être disqualifié. Quoique cela serait à mon avantage !

— Ouais ! souffla l'autre, qui ne semblait pas le moindrement préoccupé. Je vais y voir, mon cher.

Pour Leonardo, le moment était venu de remplir sa part du contrat conclu avec Vito. Pour ce faire, il comptait s'informer auprès de Vera de Marsala.

Profitant de sa journée libre, l'inventeur avait invité son amie à visiter la ville. Après une longue promenade dans les rues de Florence, le duo s'était arrêté à la terrasse d'un petit restaurant situé au nord de la ville. Une chose avait frappé Leonardo : décidément, Vera attirait les regards. Il ne s'était jamais senti autant épié de toute sa vie. De son côté, Vera remarquait à peine les yeux braqués sur elle. Leonardo s'amusait à l'idée que certaines personnes puissent penser que lui et sa compagne formaient un couple.

Durant la balade, l'adolescent avait pu apprendre quelques informations intéressantes sur la charmante Déborah, mais ces renseignements s'avéreraient probablement insuffisants pour convaincre le jeune maraudeur de se jeter à l'eau. Cependant, il s'agissait d'un excellent début.

— Nous passons un moment vraiment très agréable, déclara la jeune femme avec un sourire radieux.

— Oui. Et ça fait longtemps que je n'ai pas eu un instant à moi. L'atelier me prend tout mon temps, mais je suis ravi d'y avoir été admis.

— C'est bien que tu travailles autant, car de cette façon toi et Sandro n'avez pas le temps de vous battre à l'épée.

Leonardo sourit légèrement. Le combat entre les deux artistes avait alimenté bien des conversations. Le jeune homme était prêt à parier que l'affrontement entrerait dans la légende de l'atelier.

— Ouais, admit Leonardo en riant, il y a des avantages à être très occupé. Sinon, dis-moi, comment trouves-tu la vie à l'atelier ? Est-ce agréable la vie de modèle ?

Vera songea à la meilleure manière de répondre avant de parler.

— Ce n'est pas trop mal, mais j'aurais préféré être une artiste.

— Vraiment ? interrogea Leonardo, surpris. Exerces-tu certaines activités artistiques ?

— J'aime peindre et je pratique le fusain. Hélas, mes passions ne me serviront à rien. Monsieur Verrocchio, aussi gentil soit-il, n'acceptera jamais de femmes peintres dans son atelier.

Leonardo ne pouvait contredire la jeune femme. En effet, il n'était pas très commun de voir des femmes dans cette profession. Le monde artistique de Florence semblait réservé aux hommes, pour l'instant. L'inventeur n'y avait jamais songé auparavant, mais cette situation se révélait fort injuste.

— Sens-toi libre de venir exercer tes talents à mon atelier quand tu veux. Moi, je n'ai aucune réticence à partager mon local avec des femmes.

— Ton atelier ? interrogea la jeune femme franchement étonnée.

— Rien de gigantesque, précisa Leonardo en souriant, mais je m'y plais. Tu veux venir le visiter ?

— Pourquoi pas ? Nous avons toute la journée !

La surprise qui attendait l'inventeur en arrivant devant son atelier le dérouta complètement. Une dizaine d'hommes vêtus de longues toges rouges faisaient le pied de grue. Sa première pensée fut que le père de Médicis avait décidé d'envoyer des prêtres pour le kidnapper. Heureusement, tel n'était pas le cas. Des dizaines de grosses boîtes avaient été disposées à proximité de l'entrée du bâtiment. Leonardo en vint rapidement à la conclusion que les cartons appartenaient aux hommes. Il espérait seulement que Vito n'avait pas omis de lui fournir des informations à propos de sa nouvelle acquisition ou que le maraudeur ne s'était pas adonné à des magouilles envers le vendeur, car il ne voulait pas être forcé de quitter les lieux.

— Qu'est-ce qui se passe, Leo ? interrogea Vera.

— Je n'en sais trop rien, avoua l'inventeur en s'avançant vers la troupe.

— Leonardo da Vinci ? demanda l'un des inconnus d'un air sévère.

Malgré les airs de tueurs des visiteurs, Leonardo était convaincu qu'il ne s'agissait pas de prêtres sous les ordres du père de Médicis.

— Hum, oui.

— Excellent ! s'exclama joyeusement l'homme en toge rouge. Nous sommes envoyés par Warress Ferrazini. L'alchimiste vous fait cadeau d'un certain nombre d'instruments qui vous seront fort utiles pour vos expérimentations personnelles.

— En quel honneur? questionna Leonardo en inspectant du regard les dizaines de boîtes sur le trottoir.

L'adolescent trouvait le cadeau de l'alchimiste excessif. Il devait y en avoir pour des centaines de florins, voire plus.

— Nous l'ignorons, répondit simplement son interlocuteur. Nous avons été chargés de la livraison, rien de plus. Voici une lettre qui vous fournira sûrement des explications.

L'inventeur saisit la missive que lui tendait le messager.

— Très bien, lança Leonardo en ouvrant la porte de l'atelier. Montez tout ça là-haut.

Après avoir hoché la tête, les hommes se mirent aussitôt à l'ouvrage.

— Tu sembles être fort apprécié de ton professeur d'alchimie, observa Vera, surprise.

— J'imagine, dit Leonardo en ouvrant la lettre. Mais cela me semble assez surprenant.

Le message était écrit sur un papier jauni. Warress avait une écriture très soignée, particulièrement artistique. Le message se lisait comme suit :

Cher Leonardo,

Voici quelques instruments qui vous aideront à parfaire votre formation d'alchimiste. Je suis convaincu que vous en ferez bon usage. Je vois en vous la promesse d'un grand alchimiste.

Cette profession vous permettra sans nul doute de réaliser vos rêves les plus fous.

Sachez que vous avez des amis à Florence, de très puissants amis. Cependant, gardez toujours en tête que vous avez des ennemis tout aussi puissants. Un jour, nous écraserons ces personnes qui n'ont pas foi en la science. Mais d'ici là, soyez très prudent.

Au plaisir de vous revoir en classe,

Warress Ferrazini

Leonardo relut la lettre. Les propos de son professeur semblaient très sérieux. Ils faisaient probablement référence au père de Médicis, pour qui Warress éprouvait un mépris bien évident. L'auteur de la lettre pourrait se retrouver dans une bien mauvaise posture si l'Église mettait la main sur la missive. Alors que l'inventeur s'apprêtait à parcourir une troisième fois le pli, il remarqua qu'il ne tenait plus qu'un papier noirci entre les mains.

— Brillant ! s'exclama Leonardo en regardant ce qui avait été une lettre compromettante.

L'alchimiste avait imbibé le papier de chlorure d'argent. Le message avait été protégé par l'enveloppe. Mais lorsque Leonardo l'avait exposé à la lumière, le bout de papier s'était autodétruit. Il remit rapidement la feuille dans l'enveloppe avant que son amie remarque le procédé.

— Quoi donc ? interrogea Vera, curieuse.

— Rien, répondit Leonardo rapidement. Allons voir l'atelier !

L'inventeur décida qu'il était plus sage de garder pour lui le contenu du message de son professeur, du moins pour l'instant.

11
Un saboteur à l'atelier

— Je n'ai pas la moindre inspiration, avoua l'inventeur. Le projet que monsieur Verrocchio demande me préoccupe sérieusement. En plus, je suis battu sur tous les plans en ce qui concerne la peinture à l'huile. Tous les autres étudiants vont peindre une toile, excepté Alberto qui compte concevoir une armure stylisée.

Leonardo avait invité Vito et Vera à passer la soirée à son atelier. Même s'il avait énormément de lecture à faire, l'adolescent avait préféré recevoir ses amis. Quelques jours plus tôt, il avait acheté un chevalet et un équipement rudimentaire de peinture pour Vera. De cette manière, la jeune femme pouvait venir s'adonner à son art quand son horaire le lui permettait. Elle peignait à l'instant même Vito qui lui servait de modèle. Le maraudeur venait de comprendre pourquoi les modèles ne souriaient jamais sur les toiles : tenir un sourire durant des heures était pour le moins douloureux.

— Tu devras te décider rapidement, Leo, déclara Vito en relâchant son sourire. C'est un travail particulièrement important. Tu dois absolument remettre quelque chose.

— Il a raison, renchérit Vera sans quitter des yeux sa toile.

— Je le sais bien, accorda l'inventeur en achevant l'inspection de son générateur de gaz. Mais ne craignez rien. En me creusant la cervelle, je finirai par trouver quelque chose. J'ai encore trois semaines.

Leonardo avait installé dans l'atelier l'ensemble de l'équipement offert par Warress. Le professeur avait été particulièrement généreux à son égard. L'adolescent avait découvert dans les boîtes des dizaines de récipients de verre ainsi que de nombreux produits chimiques. Il avait aussi été stupéfié par la découverte d'un attirail complet servant à la distillation de l'alcool. Grâce à la généreuse contribution de l'alchimiste, l'atelier de Leonardo avait pris des allures de laboratoire scientifique sophistiqué.

L'inventeur avait monopolisé l'un des coins de l'atelier afin de procéder à une expérimentation à long terme. Il ne s'agissait pas réellement d'une expérience, mais plutôt d'une production qui lui servirait plus tard. Il avait construit une boîte d'environ un mètre de hauteur sur deux mètres de largeur et l'avait étanchéifiée avec de la cire d'abeille. À l'avant, un large goulot également étanche, assez large pour y passer la main, donnait accès à l'intérieur de la boîte. Sur cette structure en bois, Leonardo avait déposé deux tonneaux aussi en bois reliés par des tubes de cuivre.

Quelques jours plus tôt, il avait rempli l'intérieur de la boîte de restes de table ainsi que d'excréments d'animaux. Leonardo comptait reproduire artificiellement un gaz qui se trouvait habituellement au fond des marais boueux. Ce gaz était particulièrement explosif, mais ce n'était pas pour cette raison qu'il voulait en faire la production. Le gaz des marais était plus léger que l'air ; il s'envolait donc à l'air libre. Puisque voler était justement le but ultime de l'inventeur, peut-être ce gaz représentait-il la clé de sa réussite. Il serait facile de remplacer les tonneaux lorsqu'ils seraient pleins. Leonardo espérait pouvoir accumuler une bonne quantité de ce gaz volatil. Lorsqu'il en aurait stocké suffisamment et l'aurait purifié, le jeune homme comptait bien commencer les expérimentations. Si Leonardo comprenait parfaitement le processus de la création du gaz des marais, ce n'était pas le cas de ses deux amis. En effet, Vito et Vera trouvaient simplement bizarre de conserver si précieusement des excréments.

L'inventeur s'approcha de l'œuvre de Vera. La représentation du maraudeur était particulièrement réussie. Leonardo considérait que la jeune femme était beaucoup plus talentueuse que lui. Les ombrages étaient parfaitement représentés, les proportions du visage étaient fidèles à ceux du modèle. En quelques mots, tout semblait irréprochable.

— Bravo ! complimenta Leonardo, impressionné. Ton œuvre est magnifique.

En voyant les aptitudes exceptionnelles de son amie, le jeune homme prenait conscience de l'injustice que subissaient les femmes dans le domaine artistique.

— Je ne pense pas être assez talentueux pour mériter ma place à l'atelier. Warress a probablement raison : j'ai un plus grand avenir comme alchimiste.

— Je te conseille d'être prudent avec ton ami l'alchimiste, prévint Vito en gardant la pose. Je ne lui fais pas confiance.

— Pourquoi ? questionna Leonardo, légèrement offensé.

Warress était l'un des professeurs les plus intéressants que l'inventeur avait eu la chance de connaître.

— Connais-tu le système de substitution appelé le chiffre des templiers ? Il s'agit d'une méthode de cryptage conçue pour dissimuler le contenu d'un message. Ce système était couramment utilisé par les templiers.

— Ce système est basé sur l'emblème de la croix de Malte. Cette méthode de cryptage n'est pas très efficace, n'importe qui peut déchiffrer les codes. Quel est le rapport ?

— Warress l'utilise sur la majeure partie de son courrier. Tu dois avouer qu'il s'agit d'une pratique plutôt étrange. De plus, il fréquente de drôles de moineaux. J'ai bien l'impression qu'il prépare quelque chose.

— Comment as-tu appris tout ça ? questionna Leonardo, incrédule.

— Comme tu le sais, j'aime fouiller à gauche et à droite.

Leonardo ne pouvait nier que Warress se comportait étrangement. De plus, il n'avait aucune raison de douter des révélations de Vito. Cependant, l'inventeur n'était pas prêt à juger trop rapidement son professeur.

Ce dernier devait avoir une excellente raison d'agir comme il le faisait.

— Arrête un peu de bouger, Vito, ordonna Vera. Tu ferais un bien piètre modèle.

Vito reprit sa pose initiale et afficha un large sourire.

— Tu sais quoi, Leonardo ? lança la jeune femme. Ton projet pourrait tout simplement être les plans de l'Aves 3. J'ai vu tes croquis et je trouve que c'est de l'excellent travail.

Le jeune homme tourna les yeux vers le mur sur lequel les plans de sa machine volante étaient accrochés. L'idée de la jeune femme n'était pas bête, mais Leonardo n'était pas certain que Verrocchio accepterait des croquis au fusain.

— Merci pour l'idée. J'y penserai.

Le lendemain, Leonardo et Lorenzo se rendirent ensemble au théâtre anatomique où ils suivaient leur cours d'anatomie hebdomadaire. Le jeune di Credi n'aimait pas particulièrement ces leçons sanglantes, même s'il saisissait la portée qu'elles pouvaient avoir sur son travail d'artiste. Le théâtre était situé à proximité de la basilique Santa Croce, où Leonardo avait fait l'essai de l'Aves 2.

Le cours allait sûrement bientôt commencer, tous les étudiants étaient arrivés. Georges Hamon, l'inquiétant disséqueur, attendait près de la table de dissection avec son cadavre. Leonardo trouvait que le gros monsieur à la barbe fournie et au tablier taché de sang n'inspirait pas confiance. Botticelli n'avait probablement pas tort en affirmant que, dans l'éventualité où Georges ne trouverait aucun cadavre un matin, il assassinerait un élève. Par chance, ce gaillard bedonnant n'était pas le professeur du cours.

Gustavio Calvino, l'anatomiste, ne se salissait habituellement pas les mains en présence de ses étudiants. Il se contentait de décrire les dissections, bien installé dans sa chaise, un siège au dossier élevé et aux accotoirs pleins. Cette chaise, qu'on appelait communément chaire, était très semblable à celle des évêques dans les églises. Elle se trouvait au même niveau que la table de dissection.

L'anatomiste se faisait encore attendre. En effet, Gustavio Calvino était souvent en retard. Toutefois, c'était un professeur qui excellait dans son domaine. Comme à l'habitude, Leonardo et son ami avaient pris place au premier étage de l'amphithéâtre. Le théâtre anatomique possédait trois étages de balcons qui encerclaient la table de dissection qui se trouvait au milieu de la pièce. Les balcons concentriques offraient une vue surélevée de la table, ce qui était parfait pour bien observer toutes les étapes des dissections. Le cours d'anatomie était suivi par l'ensemble des étudiants, car tous l'avaient choisi comme cours optionnel.

— Il est toujours en retard, ce paresseux, se plaignit Botticelli du haut du troisième balcon.

— Un docteur, en plus! renchérit Pietro. C'est pathétique.

— C'est lui qui est pathétique, souffla Leonardo à l'oreille de Lorenzo.

— Pietro est un jeune homme bien paresseux qui a un penchant pour la bouteille, déclara Lorenzo di Credi. Mais bon, je n'irais pas jusqu'à dire qu'il est pathétique. Il est sympathique lorsqu'il n'est pas en présence de Sandro. Ce dernier a une très mauvaise influence sur lui.

— Tu as sûrement raison, Lorenzo.

Au centre de la pièce, Georges venait de déposer le cadavre d'un inconnu sur la table. L'homme d'origine française semblait impatient de découper le macchabée en rondelles.

Leonardo adorait le cours d'anatomie, surtout parce qu'il était permis de dessiner en classe. Le professeur s'enthousiasmait à l'idée que des artistes représentent sur papier les différentes parties de l'anatomie humaine. De plus, si Leonardo n'avait pour l'instant encore rien produit de concret pour l'atelier de Verrocchio, ce n'était toutefois pas le cas ici. Gustavio lui avait déjà acheté plusieurs de ses croquis pour illustrer un ouvrage de médecine qu'il comptait éventuellement publier.

— Bonjour à tous, déclara Gustavio Calvino en entrant. Sortez vos livres de notes. Nous allons commencer.

L'anatomiste était un homme particulièrement maigrichon qui approchait de la cinquantaine. Malgré son accoutrement pour le moins distingué, il avait toujours la chevelure en bataille ; c'était à croire qu'il ne se coiffait jamais. Le vieil homme était tout un personnage. Outre l'anatomie, il se passionnait pour plusieurs autres domaines extravagants. Par exemple, il s'intéressait à la lycanthropie clinique ainsi qu'à la démonologie. L'étude des démons était un sujet qu'il chérissait particulièrement. Bien entendu, Gustavio ne croyait en rien de tout cela. Il aimait également étudier les croyances des différentes cultures.

— Il était temps, déclara Sandro Botticelli, impatient.

Ignorant la remarque, le professeur alla s'asseoir sur son siège. Puis il disposa devant lui les livres qu'il portait.

— Désolé de vous avoir fait attendre, mais ma couchette était drôlement confortable ce matin. Je dois dire qu'il est fort regrettable de briser un si agréable cycle de sommeil.

— Surtout quand c'est pour rien, répliqua Sandro sombrement.

Il est vrai que les élèves auraient tous pu rester au lit une heure de plus compte tenu de l'arrivée tardive de l'enseignant.

— Arrêtez donc de vous plaindre, Botticelli. Sinon je vais demander à Georges de vous ouvrir en deux.

— Fort amusant, déclara le peintre sur un ton hautain. Une blague de très bon goût, vraiment.

Gustavio et Leonardo partageaient la même opinion concernant Sandro : ils ne l'aimaient pas du tout.

— Aujourd'hui, commença l'anatomiste en levant les yeux vers l'assistance, nous allons percer les mystères des glandes salivaires.

— J'en ai l'eau à la bouche, déclara Alberto de Corleone qui se trouvait au deuxième balcon.

— Je vous l'accorde, dit le professeur, les glandes salivaires sont un sujet savoureux. Sans elles, notre ami Botticelli ne pourrait cracher au visage de personne. Il en serait, vous en conviendrez, fort ennuyé.

L'assistance apprécia la plaisanterie. Sandro n'émit aucun commentaire ; il se contenta de faire un léger sourire.

— Bon, un peu de sérieux ! s'exclama Gustavio Calvino en tapant dans ses mains.

Après que les étudiants se furent calmés, il expliqua :

— Ces glandes sont au nombre de six. La plus grosse est la glande parotide. Elle est ici, ajouta-t-il en tapotant sa joue gauche, juste sous l'oreille.

Georges, le dépeceur de cadavres, semblait impatient de se mettre à l'ouvrage. Gustavio s'en rendit compte et jeta vers lui un regard amusé.

— Montrez-nous donc ces glandes, mon cher !

Georges sourit de sa dentition gâtée avant de retirer une longue lame de son tablier de cuir.

— Voilà la partie que je déteste, souffla Lorenzo en frissonnant.

— Qu'est-ce que tu me chantes là ? murmura Leonardo en souriant. C'est la meilleure partie !

Botticelli ouvrit la porte de sa chambre d'un coup de pied. Ses mains étaient monopolisées par ses carnets de notes et une bouteille de verre remplie de vernis. La journée avait été particulièrement longue et il avait attendu l'arrivée de la soirée avec beaucoup d'impatience. En effet, Sandro était pressé de revenir auprès de son œuvre. Le peintre y avait travaillé sans relâche pendant plusieurs jours. Après beaucoup d'efforts et de temps, il en était à l'étape finale : appliquer la couche de vernis.

Sandro déposa ses livres sur sa commode et se tourna vers son tableau. Ce qu'il vit alors le déconcerta à un tel point qu'il en laissa tomber le récipient de vernis. Celui-ci éclata en touchant le sol dans un fracas pour le moins bruyant, mais Sandro l'entendit à peine. Quelqu'un avait saccagé son œuvre, dont il ne restait plus que le cadre en bois. La toile avait été sauvagement labourée de coups de couteau. L'auteur de ce méfait savait-il seulement à quel point Sandro s'était donné corps et âme à son œuvre ? Le peintre en doutait sérieusement.

Botticelli s'approcha pour contempler le désastre en face, les yeux désormais rougis. Il n'y avait plus rien à faire, sa nouvelle madone était morte. Rien ne pouvait réparer les dommages qu'elle avait subis. Soudain, la rage envahit entièrement le peintre. Il envoya voler le chevalet contre le mur en criant. Le support explosa littéralement en touchant la cloison en bois. Sandro se dirigea près de son lit puis se pencha pour empoigner son épée qui se trouvait sous le meuble. Il croyait déjà savoir qui avait commis l'inconcevable crime.

— Da Vinci ! s'écria le jeune peintre en sortant en trombe de sa chambre.

Leonardo allait fermer son livre d'alchimie et se coucher lorsque Vito fit brusquement irruption dans la chambre. Le jeune di Credi dormait paisiblement dans sa couchette en ruminant des techniques de peinture, et rien au monde n'aurait pu le réveiller.

— J'ai une très mauvaise nouvelle. Sandro Botticelli se dirige vers ta chambre. Il semble avoir la ferme intention de te tuer !

— Mais pourquoi ? s'écria Leonardo en se mettant debout.

— Je n'en ai aucune idée. Mais à ta place, je détalerais vite d'ici.

Leonardo empoigna l'épée dont Vito lui avait fait cadeau. Il regrettait de ne pas avoir le temps de s'habiller. Il devrait se battre en chemise de nuit et en peignoir.

— Il faut avertir monsieur Verrocchio, lança l'inventeur en sortant de sa chambre à toute vitesse.

Leonardo s'engagea dans le corridor et s'éloigna rapidement.

— Compris ! cria Vito en prenant la direction opposée.

Quand Botticelli avait pénétré dans la chambre de son rival, il avait découvert que celui-ci avait fui les lieux. Leonardo avait probablement été averti par son ami maraudeur, avait rapidement conclu Sandro. Le garçon d'origine irlandaise allait devoir payer lui aussi, mais pour l'instant le peintre comptait se concentrer sur Leonardo. Botticelli descendit l'escalier à toute vitesse et entra dans la grande salle à manger. L'endroit n'était éclairé que par quelques torches accrochées aux murs. Leonardo se trouvait à l'autre bout de la pièce, l'arme à la main. Les cinq tables en bois de la salle à manger étaient les seuls obstacles qui séparaient les adversaires. Après s'être immobilisé, Sandro arbora un sourire qui ne présageait rien de bon.

— Je ne vais pas fuir, déclara Leonardo sérieusement. Que veux-tu?

— Avoue que tu ne pouvais pas t'en empêcher! rugit Sandro.

— Je n'ai pas la moindre idée de ce dont tu parles, Botticelli, dit Leonardo.

— Ne joue pas l'innocent, avertit le peintre sévèrement. Cela ne te tirera pas d'affaire!

— Explique-toi, proposa l'autre qui tentait de calmer son adversaire.

— Pas le temps pour les explications, grogna Sandro en se propulsant vers l'inventeur.

Il bondit sur la première table. Leonardo fit de même de l'autre côté de la pièce.

— Ne fais pas l'idiot, déclara l'inventeur. Nous allons être expulsés par ta faute!

— C'est toi qui mérites d'être jeté dehors! s'écria l'assaillant. Tu as détruit ma toile!

— Quelle toile? questionna Leonardo. Je n'ai absolument rien détruit!

— Tu n'es pas assez talentueux pour avoir ta place ici, lança Sandro avec un rire moqueur. Tu ne sais que trop bien que tu ne seras pas sélectionné à la fin de l'année. Tu as saccagé mon œuvre pour éliminer la compétition. Tu vas réaliser, mon cher da Vinci, que tu as commis une grave erreur.

— Tu te trompes sur mon compte, se défendit Leonardo.

L'inventeur sauta sur la table suivante. Il n'aimait pas du tout qu'on l'accuse à tort d'un crime. Il n'en revenait pas que Sandro puisse réellement croire qu'il aurait pu commettre un tel acte.

— Si tu veux vraiment te battre, je suis d'accord. Je ne te laisserai pas m'accuser injustement.

— Parfait! répliqua sèchement Botticelli.

Sandro sauta sur la table suivante et Leonardo le rejoignit. Quelques mètres seulement séparaient les deux opposants. Cette fois, le combat ne risquait pas de s'achever au premier contact. Sandro s'élança en direction de son adversaire. Celui-ci adopta aussitôt une position de défense. Leonardo était fin prêt à parer les attaques qui n'allaient pas tarder à pleuvoir. Sans arrêter sa course, le peintre frappa de son pied l'une des assiettes qui se trouvaient sur la table. Cette dernière atteignit Leonardo au visage, ce qui déstabilisa quelques instants l'inventeur. Malgré la douleur,

Leonardo parvint à parer la première attaque de Sandro. Cependant, la deuxième arriva beaucoup trop rapidement et la lame de son adversaire l'atteignit à la cuisse. La douleur fut instantanée, mais Leonardo n'eut guère le temps de s'y attarder. Botticelli venait de lui administrer un coup de pied au torse, coup plutôt rare en escrime. L'inventeur fut arraché à la surface de la table puis propulsé vers l'arrière. La chute fut rude pour Leonardo, malgré toute son expérience en atterrissage brutal. Sa tête heurta le plancher de pierre avec violence. À cet instant précis, l'adolescent songea très sérieusement que le peintre fou allait le tuer. Il ouvrit les yeux juste à temps pour éviter une nouvelle attaque. La lame de Botticelli se coinça dans le sol, à quelques centimètres de la tête de l'inventeur.

Sandro était maintenant désarmé, mais cela n'avançait guère Leonardo. En effet, le jeune homme avait échappé son épée lorsque son adversaire l'avait frappé au torse. Sandro empoigna fermement Leonardo et le força à se lever. Le peintre s'apprêtait à infliger à son ennemi un crochet du droit lorsqu'il fut stoppé dans son élan. Alberto de Corleone avait maîtrisé le forcené, sur l'ordre de Verrocchio. Ce dernier avait accouru sur les lieux, accompagné de Vito et du robuste étudiant.

— Botticelli! éclata le propriétaire de l'établissement. Calmez-vous immédiatement!

Le peintre ne semblait pas vouloir entendre raison et ne demandait qu'à reprendre le combat. Aussitôt que Botticelli avait relâché Leonardo, celui-ci s'était écroulé sur le plancher. Le directeur s'approcha de Leonardo. Le jeune homme était inconscient. L'assiette qu'il avait reçue au visage lui avait vraisemblablement cassé le nez.

— Alberto, emmenez Botticelli dans mon bureau, ordonna Verrocchio.

Le costaud de Corleone n'eut aucune difficulté à maîtriser Sandro. Il lui fit une clé de bras et lui jeta, avant de le forcer à quitter la pièce :

— Débats-toi encore et je brise tes petits doigts de peintre.

De son côté, Andrea, après avoir examiné de plus près les blessures de Leonardo, annonça :

— Vito, je crois que nous allons avoir besoin d'un médecin...

Leonardo était dans un triste état. Vito s'en voulait d'avoir laissé son ami affronter seul Botticelli.

— Je vais chercher le docteur Calvino, indiqua le maraudeur en quittant la pièce sans plus attendre.

12
La convalescence

Leonardo ouvrit les yeux après un long effort ; sa vision était très brouillée. Le jeune homme se réjouissait d'avoir survécu au combat contre Botticelli. Mais il s'interrogeait car la chambre où il se trouvait lui était totalement inconnue.

— Vous revoilà ! s'exclama une voix que Leonardo connaissait bien. J'ai eu bien peur de perdre l'illustrateur de mon prochain ouvrage !

Gustavio Calvino s'approcha de son patient. Le médecin semblait soulagé de voir que l'étudiant avait repris connaissance.

— Voici les bonnes nouvelles, commença-t-il. Vous n'avez pas le nez cassé et le choc que vous avez reçu en tombant n'a fait aucun dommage.

— Excellent, dit le jeune inventeur d'une voix faible.

— Par contre, j'ai dû vous recoudre la cuisse. Vous avez perdu beaucoup de sang. Si votre intention était d'avoir une bonne vieille saignée, c'est plutôt réussi.

— Je ne crois pas vraiment aux vertus de la saignée, murmura Leonardo avant de sombrer une fois de plus dans un sommeil profond.

— J'aime bien ce garçon, émit Gustavio en sortant de la pièce. Moi non plus, je n'y crois pas.

Lorsque Leonardo se réveilla le lendemain, il était encerclé de visiteurs : Vito, Vera, Andrea Verrocchio et Warress Ferrazini avaient les yeux fixés sur lui.

— C'est un événement regrettable, Leonardo, déclara le propriétaire de l'atelier, très regrettable. Votre père est dans tous ses états. Il viendra vous voir dès qu'il le pourra.

— Vous pouvez être tranquille, dit l'alchimiste d'une voix rassurante. Sandro Botticelli a été expulsé.

— Non ! s'exclama vivement Leonardo en essayant de se lever, en vain. Ne l'expulsez pas. Il a beaucoup plus sa place à l'atelier que je ne l'ai moi-même. Je ne l'aime pas du tout, et c'est vraiment un idiot. Cependant, il avait sûrement de bonnes raisons d'agir comme il l'a fait, sauf qu'il ne s'est pas vengé sur la bonne personne. C'est un impulsif, comme moi…

— Il y a tout de même des limites, énonça Vera gravement.

Le directeur de l'atelier dévisagea longuement son élève, l'esprit en pleine réflexion.

— C'est d'accord, Leonardo, accorda Verrocchio, Botticelli reviendra à l'atelier. Cependant, je vais prendre des arrangements pour vous tenir éloignés l'un de l'autre un moment. Et je préviendrai Sandro qu'à sa prochaine bévue il sera définitivement expulsé.

L'inventeur n'avait pas oublié que Botticelli avait pris sa défense dans le bureau de Verrocchio, le jour qui avait suivi son arrivée à l'atelier. Il devait maintenant lui rendre la pareille. Mais cela donnait lieu à une situation plutôt ironique puisque c'était le peintre qui l'avait envoyé à l'hôpital…

— Merci, exprima Leonardo. Botticelli ne mérite pas d'avoir la vie gâchée à cause de cet incident.

Gustavio Calvino fit irruption dans la pièce.

— Allez, notre ami doit prendre des forces. Laissez-le un peu tranquille.

— D'accord ! s'écria Vito. On se revoit plus tard, Leo.

Après avoir salué le blessé, tous quittèrent les lieux, sauf Warress. Ce dernier désirait s'entretenir avec son élève.

— C'était un acte très généreux, formula-t-il en souriant. Je n'en aurais pas fait autant à l'égard de ce petit vantard. À chacun nos faiblesses, après tout. Lorsque vous serez entièrement remis, passez me voir à l'auditorium. Je vous aiderai à reprendre les cours que vous aurez manqués.

— Je viendrai, confirma Leonardo avec un sourire fatigué.

— Reposez-vous bien, conseilla l'alchimiste.

Puis il quitta la pièce.

Andrea Verrocchio marchait dans l'agglomération des boutiques du pont Vecchio. L'odeur y était insupportable, l'air empestait la viande avariée et l'immonde émanation des tanneries. Le propriétaire de l'atelier ne mettait normalement jamais les pieds dans ce quartier, même si on y trouvait les boucheries les plus prisées de Florence. Il n'aimait pas particulièrement le gibier. De toute façon, Andrea n'était pas venu pour acheter quoi que ce soit. Il s'arrêta devant l'un des établissements, la boutique Filipepi. C'était le nom de famille du jeune peintre expulsé. Sandro Botticelli représentait un nom d'artiste. En fait, le peintre s'appelait Alessandro di Mariano di Vanni Filipepi. Un nom beaucoup trop long à retenir. C'est pourquoi Sandro Botticelli paraissait plus approprié.

La boutique appartenait au père de Botticelli, un humble travailleur du cuir. Il ne travaillait pas le cuir sur place, mais dans l'atelier qu'il possédait à quelques rues de la basilique Santo Spirito. Cependant, le pont Vecchio s'avérait un excellent point de vente puisqu'il regroupait tous les tanneurs. Andrea pénétra à l'intérieur de la boutique sans plus attendre. Une odeur de cuir fraîchement traité envahissait les lieux.

— Vous avez du culot de mettre les pieds ici, déclara Mariano Filipepi de l'autre côté du comptoir.

Mariano était costaud et n'avait pas la langue dans sa poche. La vie n'avait pas toujours été facile pour l'homme dans la cinquantaine ; il avait dû apprendre à se défendre. Avec les années, il avait réussi à fonder une entreprise assez profitable pour subvenir aux besoins de sa famille.

— Votre fils est ici ? interrogea le grand maître.

— Savez-vous à quel point je me fais harceler par la troupe du père de Médicis ? lança le boutiquier sur un ton furieux. Ils sont toujours à rôder autour de mon atelier. C'est mauvais pour le commerce, les gens n'aiment pas avoir affaire aux hommes d'Église.

— Je ne suis responsable de rien, répliqua Verrocchio en s'approchant de l'homme. Votre fils n'avait qu'à ne pas s'en prendre au père de Médicis.

Le père de Sandro cracha par terre, à quelques mètres d'Andrea.

— Papa, intervint Sandro en sortant de l'arrière-boutique, cracher sur le sol n'arrangera rien.

Botticelli ne portait pas sa toge noire habituelle, ce qui était plutôt rare depuis quelques années. Il avait revêtu un pourpoint en cuir par-dessus une veste de lin rouge, de la même couleur que ses chausses. Verrocchio fut déstabilisé, comme si le fait de voir le peintre sans sa toge lui faisait saisir toute l'ampleur de l'expulsion de celui-ci. Si Sandro ne revenait pas à l'atelier, il suivrait la voie de son père et deviendrait sûrement tanneur. Il n'y avait rien là de dégradant, au contraire, mais la place de Botticelli était parmi les artistes.

— Pouvons-nous parler ? demanda Verrocchio au peintre.

— Leonardo ! s'exclama Warress en accueillant l'inventeur à l'entrée du vieux théâtre. Je suis bien heureux de vous voir en meilleure forme !

Leonardo, qui avait quitté son lit d'hôpital plus tôt dans la matinée, avait décidé de se rendre directement chez l'alchimiste. Il n'était pas entièrement remis de ses blessures. Encore faible, il lui était toutefois impensable de rester plus longtemps à l'hôpital. Il avait donc emprunté une canne au docteur Calvino et avait quitté les lieux sans plus de cérémonie.

L'homme défiguré invita son élève à entrer, puis tous deux s'engagèrent dans l'un des corridors obscurs du théâtre.

— Dans mon bureau, dit Warress, j'ai des notes qui vous aideront à rattraper votre retard.

Leonardo n'avait manqué que deux cours. Il n'aurait donc pas grand mal à reprendre le dessus, d'autant plus qu'il excellait en alchimie. À son arrivée devant le spacieux bureau du professeur, l'adolescent se contenta de rester sur le seuil. Il n'entrerait dans la pièce que sur invitation.

Le bureau de Warress était le seul endroit du théâtre où la lumière du jour pénétrait. Elle passait par un large puits de lumière composé d'un vitrail pour le moins inquiétant. Celui-ci affichait une grande croix pattée rouge, un insigne souvent attribué aux templiers. La lumière dans la pièce était teintée des couleurs du vitrail. L'effet obtenu était particulièrement morbide : le bureau semblait ensanglanté.

— Les notes sont sur mon bureau, déclara Warress en allant les chercher.

Leonardo inspecta la salle des yeux. À première vue, la pièce n'avait rien d'extravagant. Toutefois, une carte de Florence se trouvant sur l'un des murs attira l'attention de l'inventeur. Certains des bâtiments y avaient été peints en rouge. Parmi eux, il y avait la basilique Santo Spirito, la basilique Santa Croce et la cathédrale Santa Maria del Fiore. Il semblait à première vue que tous les bâtiments en rouge étaient des établissements religieux.

— Notre magnifique ville de Florence, commenta l'alchimiste avec un sourire rendu particulièrement lugubre à cause de l'éclairage.

— En effet, exprima Leonardo.

L'alchimiste tendit un petit livre à l'étudiant. La couverture de l'ouvrage était faite d'un cuir noir couvert de symboles celtiques. Aux quatre coins de la couverture, il y avait des rubis enchâssés. Ces pierres précieuses scintillaient d'une couleur sanglante. «Il s'agit d'un carnet de notes bien étrange», songea l'inventeur.

— Voilà qui devrait vous éclairer, mon jeune ami, déclara le professeur.

— C'est très gentil de votre part, remercia Leonardo légèrement mal à l'aise.

— Je vous conseille de filer à l'atelier. Tous sont probablement impatients de vous retrouver !

— J'y cours à l'instant. Merci encore pour ces notes.

— Ce n'est rien du tout, répondit l'alchimiste en observant d'un œil attentif son étudiant s'éloigner.

Puis Warress tourna les yeux vers la carte de la ville de Florence.

— Et elle sera encore plus belle très bientôt…

13
Le port de Livourne

Andrea avait tenu à ce que Leonardo effectue un petit voyage dès son retour à l'atelier. Comme l'avait dit le maître, cet éloignement permettrait de laisser la poussière retomber. La demande du directeur avait enthousiasmé l'adolescent, car il aimait beaucoup voyager. De plus, l'inventeur n'était pas particulièrement pressé de revoir Sandro Botticelli.

Andrea Verrocchio avait commandé une importante quantité de pigments – une poudre colorée constituée de différents minéraux ou de substances organiques. Ces pigments servaient généralement à la préparation de différents médiums de peinture. Cette commande allait bientôt arriver par bateau au port de Livourne, à bord du *Mandeville*. Ce port était situé à environ 85 kilomètres au nord-ouest de Florence, ce qui représentait environ deux jours de voyage en charrette.

Leonardo voyageait en compagnie de Vito et de Vera. Tous trois avaient quitté Florence la journée précédente, dans une modeste charrette poussée par deux chevaux. Dans quelques heures, ils arriveraient au port de Florence où était amarré le *Mandeville*. Il ne devrait pas être difficile de trouver le navire, car Vito avait passé un certain temps à son bord comme marin.

En cours de route, Vito avait informé son ami de certains détails importants concernant l'atelier. En effet, il n'y avait pas eu qu'un seul cas de vandalisme le soir du combat entre Leonardo et Sandro. En réalité, cinq œuvres avaient été détruites, dont l'une du jeune Lorenzo di Credi. Ces odieux actes de destruction semblaient viser le groupe des futurs maîtres. Le maraudeur croyait que le coupable faisait probablement partie des élèves de l'atelier, ce qui paraissait logique. Pour l'instant, rien ne permettait d'accuser qui que ce soit, faute de preuves. Cependant, Vito comptait bien mener sa petite enquête dès son retour.

Même en voyage, le jeune voleur s'avérait indispensable. Leonardo ne savait pas conduire une charrette, ce dont il avait bien honte. Il avait donc laissé sa place à Vito, qui n'y voyait aucun inconvénient.

Le trio prenait place à l'avant de la charrette et profitait du voyage pour discuter de choses et d'autres.

— Je suis allé rendre visite à Warress, il y a deux jours, annonça Leonardo.

— L'alchimiste ? interrogea Vera qui n'avait vu l'homme que quelques fois.

— Oui, confirma l'inventeur. Et je dois avouer que je le trouve inquiétant.

— À qui le dis-tu ! souffla Vito sans quitter la route des yeux. As-tu vu son bureau ?

— Euh… oui, justement. Tu l'as vu aussi ?

— Par affaire, répondit Vito en souriant, et au moment où l'alchimiste était en voyage. Je n'aime pas du tout le vitrail au plafond. Il s'agit d'un insigne de l'ordre du Temple. Comme je te l'ai déjà dit, l'homme ne m'inspire pas beaucoup confiance.

— De quoi le suspectes-tu ? questionna Leonardo.

— Je crois qu'il tente de former une nouvelle société secrète, répondit Vito sans hésitation, si ce n'est pas déjà chose faite.

— L'Église catholique a fait exécuter la plupart des templiers il y a des centaines d'années, intervint Vera, sceptique. Ceux qui n'ont pas été mis à mort ont terminé leurs jours en prison. L'ordre du Temple n'existe plus depuis longtemps.

— Les membres ont tous été capturés en 1307, dit Vito sérieusement, mais seulement à Paris. Plusieurs templiers qui vivaient hors de la ville n'ont jamais été arrêtés. C'est le cas de l'un des ancêtres de Warress, Warlock Ferrazini. Après les exécutions massives des templiers, les membres restants se sont volatilisés. Inutile de se demander pourquoi.

— Tu es une vraie mine d'informations, Vito, affirma Leonardo en souriant.

— Merci. Mais tu sais, c'est une obligation dans mon métier. Bref, je ne suis pas en train de présumer que Warress compte reformer l'ordre des templiers, mais plutôt qu'il a sûrement l'intention de créer sa propre société secrète.

— Je crois que Vito a raison, soutint Leonardo en regardant Vera. Warress se conduit de manière étrange.

— J'irais même jusqu'à dire qu'il veut te recruter, émit le maraudeur. Sinon il ne t'accorderait pas autant d'attention.

— C'est possible, admit l'inventeur. Mais les sociétés secrètes, ce n'est pas trop mon genre. De plus, je n'approuve pas totalement les opinions du professeur. Il y a quelque chose de très dérangeant dans toute cette histoire. Je compte en toucher deux mots à monsieur Verrocchio. Je ne crois pas qu'il se doute de la vraie personnalité de son ami l'alchimiste.

— Ce n'est pas une mauvaise idée, approuva Vera.

Les révélations de ses deux amis l'avaient rendue légèrement inquiète. Elle ne connaissait pas personnellement l'alchimiste, mais il ne lui semblait pas digne de confiance.

Leonardo, Vito et Vera étaient enfin arrivés au port de Livourne où l'odeur saline du large parfumait l'air. Ils ne voyaient pas les quais, cachés par les bâtiments qui se dressaient devant eux, à quelques centaines de mètres à peine. Cependant, Leonardo apercevait très clairement les mâts des bateaux au-dessus des toits. Il entendait aussi le grincement du bois de ces structures géantes qui ballottaient au rythme des vagues. Une grande activité régnait dans le port. Un peu partout, des hommes chargeaient et déchargeaient du matériel et des vivres.

— Voilà le port de Livourne, les amis ! s'exclama joyeusement Vito en arrêtant la charrette. Attention, mesdames et messieurs, surveillez bien vos bourses !

En effet, le port était le refuge de bien des petits bandits. Mais avec Vito, Leonardo et Vera n'avaient rien à craindre. Le jeune homme avait l'œil pour reconnaître les gens de sa race. Le trio débarqua du véhicule et alla se mêler à la foule.

— Nom d'une prune, c'est le petit Vito ! s'écria un marin malodorant qui venait de quitter les quais.

L'homme en question ne semblait guère fréquentable. «Il s'agit peut-être d'un pirate», songea Leonardo en l'inspectant du regard.

— Bonjour, Francisco ! répondit joyeusement le maraudeur. Ne t'inquiète surtout pas pour ta marchandise. Je ne viens pas te voler cette fois !

— Tant mieux ! déclara le marin en continuant son chemin. Sacré bandit !

Lorsque le personnage à l'odeur nauséabonde se fut éloigné, Vito sourit à ses amis.

— C'est une vieille connaissance, expliqua-t-il. Une fois, je lui ai volé une pleine cargaison de poudre noire. Maintenant, il ne fait que du transport de tonneaux de vin, de la piquette, généralement. De cette manière, il ne se fait rien voler.

— Il ne semble pas trop rancunier, fit remarquer Vera avec surprise.

— C'est vrai, se contenta de répondre Vito.

Les trois amis passèrent sous une arche, pressée entre deux bâtiments, qui débouchait sur les quais. Leonardo fut impressionné par le nombre de bateaux amarrés; il y en avait plus d'une cinquantaine. Ils avaient l'allure de monstres en bois prêts à affronter la colère de la mer. Il y avait toutes sortes de navires : cela allait de l'humble bateau de pêche à l'immense caravelle de trente mètres de longueur. Bon nombre de ces navires apportaient des épices en provenance de l'Inde. Il y avait aussi plusieurs embarcations de pêche qui revenaient au port vendre leur marchandise, la cale gorgée de poissons frais.

— Comment vas-tu, sale vermine ? s'écria un homme édenté du haut de son bateau.

Il devait s'agir du capitaine, car c'était le seul homme à bord qui ne déchargeait pas de boîtes.

— Je ne pourrais pas aller mieux, capitaine Rivoli !

— Tu ne viens pas pour me voler, cette fois ? interrogea le marin d'un ton jovial.

— Non, assura Vito, pas cette fois.

— Excellent ! s'exclama Rivoli en souriant largement. Alors que viens-tu faire ici si bien accompagné ?

L'homme s'inclina légèrement pour saluer Vera.

— Une commande à prendre sur le *Mandeville*, répondit le maraudeur.

Le capitaine parcourut rapidement du regard les alentours. Du haut de son bateau, il avait une bien meilleure vue des quais.

— Le navire est au troisième quai, annonça-t-il à Vito. Tu ne peux pas le manquer. J'ai vu Christophe ce matin, il paraissait de bonne humeur.

— Excellente nouvelle! déclara Vito. Mon ami Leo n'aura peut-être pas à sortir son épée.

— Quoi? s'écria l'inventeur.

— Le capitaine du *Mandeville* est souvent de mauvais poil, expliqua le maraudeur.

Les trois amis saluèrent le capitaine Rivoli avant de gagner le troisième quai. Il était amusant de constater que ceux qui avaient été volés par Vito ne semblaient pas lui en tenir rancune. Décidément, le chapardeur avait ce petit quelque chose qui empêchait les gens de lui en vouloir.

C'était la première fois que Leonardo venait dans un port. Il remarqua que les quais en bois étaient particulièrement surélevés au-dessus du niveau de l'eau. Après tout, les bateaux qui y accostaient étaient beaucoup plus hauts que de simples chaloupes.

Le jeune Pazzi désigna de l'index une vieille caravelle au bout du quai. Le bateau, dans un état lamentable, devait mesurer une vingtaine de mètres de longueur. Il semblait sur le point de couler, ce qui n'était pas loin de la vérité et guère rassurant.

— Voilà le *Mandeville*, le plus beau des bateaux! déclara le maraudeur.

— Dans tes rêves, Vito! répliqua Leonardo en s'approchant du navire. C'est une poubelle flottante.

— Chuttt! intervint Vito, soudain fort sérieux. Le capitaine pourrait t'entendre.

— Entendre quoi ? s'écria quelqu'un sur le pont du bateau.

Le garçon qui venait de parler devait avoir environ dix-sept ans et était l'image même du parfait matelot. Il portait un pourpoint de cuir ajusté et des vêtements beiges. Sa longue chevelure brune et ondulée longeait son visage bronzé. Il portait à sa ceinture une épée ainsi qu'un canon à main, inséré dans un étui de cuir. Les armes à feu n'étaient pas très courantes, mais Leonardo savait qu'elles représentaient les armes de l'avenir. Un jour, l'arme à feu remplacerait inévitablement l'épée, mais pour l'instant elle était encore trop longue à charger.

— Nous disions que votre navire est très beau, mentit l'inventeur en souriant.

— Ha, ha ! rit le jeune homme en sautant sur le quai. Bien sûr qu'il est beau !

Leonardo et Vera en restèrent bouche bée. Le marin venait de faire un bond d'environ trois mètres sans se faire la moindre égratignure.

— Cependant, poursuivit-il en s'approchant de Vera, il est fort loin de rivaliser avec votre beauté, ma chère.

— Merci, dit la jeune femme en souriant poliment.

— Vera et Leonardo, je vous présente Christophe, le capitaine du *Mandeville*, annonça Vito, peu impressionné par les prouesses du jeune homme.

— Vous n'êtes pas un peu jeune pour être capitaine d'un navire ? interrogea Leonardo, sceptique.

Le visage de Vito rougit instantanément. Leonardo comprit qu'il s'agissait de la question à ne pas poser. Christophe fusilla du regard l'inventeur, mais la présence de Vera sembla le retenir de poser une action violente.

— Il est vrai que je suis jeune, mais l'océan n'a plus aucun secret pour moi. Mon équipage m'accorde la plus grande confiance. Nous naviguons de gauche à droite, d'un boulot à l'autre sans problème. Même s'il nous est parfois arrivé de rencontrer des pirates, mon expérience nous a permis de bien nous en tirer. Je ne crois pas me tromper en disant que l'équipage se plaît bien à bord.

— C'est incroyable! déclara Leonardo sincèrement. J'aimerais avoir autant de connaissances que vous sur la mer.

— J'ai toujours aimé l'océan, avoua Christophe en tournant les yeux vers l'horizon, à la grande déception de mon père. Il aurait voulu me voir devenir tisserand, comme lui.

— Quel travail ennuyeux, à mon avis! souffla Leonardo.

— À qui le dis-tu! répliqua le capitaine en affichant un drôle de sourire. L'important, c'est de faire ce que l'on désire de sa vie.

— Bon! s'exclama Vito. Et si nous revenions à la raison de notre visite? Alors, capitaine Colomb, avez-vous notre marchandise?

Leonardo sortit le petit livre offert par l'alchimiste. Il avait tout le temps nécessaire pour rattraper la matière des cours qu'il avait manqués. Ses compagnons et lui avaient repris le chemin du retour depuis quelques heures, avec la charrette bondée de matériaux destinés à l'atelier. La réception de la commande s'était très bien déroulée. Tout l'équipage s'était mis au travail pour transporter la marchandise à la charrette. Le transfert avait été effectué en une quinzaine de minutes, et le *Mandeville* avait ensuite repris la mer en direction de l'Espagne. La rencontre avec Christophe avait éveillé en Leonardo une envie d'exploration. Il se voyait déjà à bord d'un grand navire italien comme cartographe. Toutefois, ce n'était pas exactement la voie profession-nelle qu'il comptait emprunter, mais rien ne l'empê-chait de rêver. Un jour, peut-être, il prendrait le large. Il y avait encore tant à apprendre sur la mer en cette époque de grandes découvertes maritimes.

L'inventeur chassa les rêveries de son esprit pour se concentrer totalement à l'alchimie. Il ouvrit le livre à la première page. Warress y avait inscrit quelques mots à la plume.

Un jour, vous devrez choisir.
Mais pour l'instant, abstenez-vous de juger trop vite…

Votre ami,
Warress

Leonardo tourna la page rapidement. Le message laissé par son professeur le laissait perplexe. Il décou-vrit le titre du livre à la page suivante, *La confrérie de la Table d'émeraude,* inscrit en lettres celtiques. Leonardo connaissait bien l'ouvrage intitulé tout simplement *La Table d'émeraude,* qu'il avait maintes fois étudié. Il s'agissait probablement du texte le plus connu du monde de l'alchimie.

Le jeune homme parcourut rapidement le livre en entier. Il était évident que l'ouvrage n'était pas un banal carnet de notes. Un extrait attira son attention ; celui-ci révélait de sombres intentions. *De la même manière dont ils ont jugé nos pères, nous les jugerons par le feu. Un feu purificateur, qui lavera le monde de leurs mensonges.* Leonardo avait sa petite idée des personnes visées par ce message : les membres de l'Église catholique. Le clergé avait jugé sévèrement les templiers par le passé et la majeure partie d'entre eux avaient terminé sur le bûcher. Il n'y avait plus de doute, Warress tentait bien de reformer une nouvelle société et il voulait recruter Leonardo. Ce dernier se remémora la carte de la ville de Florence qu'il avait regardée dans le bureau de l'alchimiste. Les établissements religieux peints en rouge représentaient des cibles. Cette révélation était particulièrement inquiétante.

Leonardo se tourna vers son ami qui manœuvrait la charrette. Il s'écria :

— Vito, peux-tu accélérer la cadence ?

— Tu es si pressé de rentrer ? questionna le maraudeur, étonné.

Leonardo brandit le livre à la figure de Vito. Vera observait la scène, interloquée.

— Regarde ça, dit Leonardo, le visage blême. J'ai un bien mauvais pressentiment.

14
L'attaque contre l'Église

Il était trois heures du matin lorsque la charrette arriva en vue de Florence. Vito avait épuisé les deux bêtes. Toutefois, peu importait, puisque des vies humaines étaient sans nul doute en jeu dans toute cette histoire. Leonardo n'eut pas à se rendre plus loin. Ce qu'il voyait à l'horizon confirmait son mauvais pressentiment. Le trio pouvait apercevoir très clairement plusieurs foyers d'incendie au cœur de la ville des artistes.

— J'ai bien l'impression que tu avais raison, souffla Vito en contemplant Florence qui se dressait au loin. Ça brûle…

— Il y a quatre incendies visibles, dit Vera qui venait de se réveiller.

La jeune femme avait pris place à l'arrière du véhicule quelques heures plus tôt. Puisqu'elle devait poser le lendemain, elle avait décidé de se reposer un peu avant d'arriver. Un regard fatigué ne ferait guère professionnel, ce qui n'était pas dans son habitude.

— Santa Croce, Santo Spirito, Santa Maria del Fiore et peut-être la basilique San Lorenzo, murmura l'inventeur, les yeux rivés sur les flammes.

— Nous en aurons le cœur net dans quelques minutes, dit le maraudeur.

D'un coup de fouet, il ordonna aux chevaux d'aller plus vite. La charrette accéléra sur le petit sentier qui menait droit à la ville. Malgré leur fatigue, les bêtes offrirent un dernier effort surhumain.

La ville était agitée malgré l'heure tardive. Les habitants avaient envahi les rues. Leur curiosité les avait poussés à sortir de leur lit. La charrette s'arrêta devant la basilique Santa Maria del Fiore. Par chance, l'incendie semblait maintenant maîtrisé. Leonardo constata avec soulagement que les dégâts paraissaient superficiels.

— Je vais apporter sans plus attendre la commande à l'atelier, déclara Vera en prenant place à l'avant. Les chevaux sont trop épuisés. Ils doivent se reposer.

— D'accord ! souffla Leonardo en sautant hors du véhicule. On se retrouve plus tard, alors.

L'inventeur ne voulait pas garder pour lui ce qu'il savait à propos de l'alchimiste. Il n'y avait qu'une seule personne qui pouvait agir contre Warress : le père Antoine de Médicis. L'idée de rendre visite à l'homme d'Église ne plaisait guère à l'adolescent, mais il n'avait pas d'autres options.

L'inventeur s'élançait déjà dans une course folle.

— Attends-moi, Leo ! s'écria Vito en débarquant à son tour.

Le maraudeur se mit aussitôt à la poursuite de son compagnon qui semblait bien pressé.

— Bonne nuit, Vera ! hurla-t-il. On se revoit demain !

Vera sourit en regardant ses amis s'éloigner. Ces deux garçons ne tenaient pas en place une seconde.

— Cette attaque était dirigée contre l'Église catholique, déclara le père Antoine de Médicis d'un air grave.

La basilique Santo Spirito s'était sortie indemne des attaques portées contre elle quelques heures plus tôt. Des hommes vêtus de toges rouges avaient lancé des bouteilles de verre qui s'étaient aussitôt enflammées au contact des murs du bâtiment. La majeure partie des prêtres qui avaient assisté à cet acte barbare croyait qu'il s'agissait de magie noire. Cette action contre l'Église n'avait pu être perpétrée que par des adorateurs de Satan maîtrisant la puissance du feu. Cette idée semblait tout à fait ridicule aux yeux du père de Médicis.

Le feu n'avait causé aucun dégât interne, car l'édifice était bâti de larges pierres. Malgré tout, la façade du bâtiment religieux devrait être reconstruite. Selon l'homme d'Église, le mal était tout de même fait.

Personne jusqu'ici n'avait osé s'opposer directement à l'Église. L'idée paraissait même ridicule. Pour cette raison, les autorités ne savaient pas trop comment réagir pour l'instant. Le père de Médicis avait convoqué une réunion d'urgence avec les principaux concernés.

Il avait donc rassemblé les religieux les plus influents de Florence ainsi que plusieurs politiciens, dont Laurent de Médicis et Piero Antonio da Vinci. Ils étaient environ une trentaine à prendre place dans la salle de culte de la basilique.

— Il ne s'agit pas d'un simple hasard, déclara Laurent. C'était une attaque organisée. Par chance, elle a fait peu de victimes. Nous devons trouver les coupables à tout prix. Les Florentins ne doivent pas vivre dans la peur.

— Qui pourrait bien vous en vouloir ? questionna Piero Antonio d'un air songeur.

— L'Église s'est fait de nombreux ennemis, répondit le père de Médicis en dirigeant son regard vers le père de Leonardo. Il serait ardu de tous les compter.

— Mais nous le devons aux hommes qui ont péri ce soir, affirma Laurent, décidé.

En effet, quatre évêques avaient connu une mort horrible en tentant de maîtriser les flammes d'un des bâtiments visés.

— Nous le devons surtout à Dieu, déclara d'une voix vibrante l'un des prêtres de Santa Croce.

Le vieil homme semblait visiblement sous le choc.

— Avons-nous des hommes aptes à mener cette enquête ? interrogea le père de Médicis.

— Probablement, répliqua Laurent, mais il s'agit d'un cas sans précédent. Nous devrons agir au plus tôt pour débusquer les coupables. Pour l'instant, il faut s'occuper de restaurer les bâtisses endommagées. J'approcherai Andrea Verrocchio et les frères Pollaiolo. Ils ont la main-d'œuvre nécessaire.

Piero Antonio sourit en pensant à son fils. Il devait avouer qu'il était particulièrement fier de compter un enfant parmi les élèves du grand maître. À ce qu'il avait entendu, Verrocchio était satisfait du travail et de la persévérance de Leonardo.

— Cette main-d'œuvre ne sera pas gratuite, spécifia l'homme politique, mais je m'arrangerai pour qu'elle ne soit pas trop dispendieuse.

Certains hommes d'Église semblèrent outrés qu'on ose parler d'argent.

Leonardo et Vito venaient de traverser le pont Vecchio. Décidément, le maraudeur était dans une forme à toute épreuve, ce qui n'était pas le cas de l'inventeur. Celui-ci songea qu'il serait grand temps de s'imposer un entraînement quotidien. Cependant, il ne parvenait jamais à tenir ce genre de résolution.

— Courage ! s'exclama Vito. Nous y sommes presque.

Les incendies semblaient avoir été éteints aux quatre coins de la ville, mais il était difficile d'en être sûr. La basilique Santo Spirito n'était plus qu'à quelques minutes. Malgré les crampes qui le pliaient littéralement en deux, Leonardo tentait de maintenir une bonne cadence.

— Comptes-tu vraiment dénoncer Warress ? demanda Vito entre deux respirations.

— Absolument, répondit Leonardo, car je suis certain qu'il est le coupable. Ce livre le prouve !

Leonardo brandit le livre de la confrérie de la Table d'émeraude.

— Il est fort probable que Warress ait déjà quitté la ville, voire même le pays. En tout cas, moi, à sa place, c'est ce que j'aurais fait, lança Vito sans arrêter de courir.

— Moi aussi, approuva Leonardo à bout de souffle.

La réunion touchait à sa fin et, malgré la gravité de la situation, certains semblaient pressés de regagner leur lit.

— Merci à tous d'être venus, déclara le père de Médicis qui paraissait épuisé.

La porte principale de l'église s'ouvrit bruyamment. Leonardo et son ami firent irruption dans la basilique. Les deux garçons furent quelque peu surpris de tomber sur un tel rassemblement.

— Quelle surprise ! persifla le père de Médicis, mécontent. Mais ne s'agirait-il pas du jeune Leonardo ? Jeune homme, vous n'avez pas le droit d'être ici.

— Je sais qui est le responsable des incendies, jeta l'inventeur sans plus attendre.

— Tais-toi donc, Leonardo ! s'écria Piero Antonio.

Le père du jeune homme ne savait plus trop s'il devait être fier de son fils à présent.

— Laisse-le parler, Piero, ordonna Laurent de Médicis en levant la main de façon autoritaire.

— J'ai de bonnes raisons de penser que Warress Ferrazini est responsable des nombreux foyers d'incendie, confia Leonardo. Je crois qu'il organisait ces attaques depuis longtemps.

— L'alchimiste ? interrogea un jeune prêtre de la basilique Santa Croce.

La salle fut aussitôt envahie de chuchotements. Cette révélation surprenante ne laissait personne indifférent. Une fois de plus, Piero Antonio fut pour le moins embarrassé.

— Vous tenez des propos très graves, mon jeune ami, énonça Laurent qui tentait de calmer l'assemblée. Je connais bien Warress qui, je vous l'accorde, est légèrement excentrique. Mais il ne commettrait jamais de tels délits.

— Dans ce cas, lança Leonardo en s'approchant, il vous a berné tout comme moi. Warress n'est pas du tout l'homme qu'il paraît être.

L'inventeur sortit de sa sacoche le livre compromettant et le tendit à Laurent.

— Parcourez donc ce livre que le professeur lui-même m'a offert.

Le père de Médicis arracha le livre des mains de Leonardo.

— Aussi incriminant que soit ce livre, rien ne le relie à l'alchimiste, signifia l'homme d'Église.

— Lisez la note que Warress a écrite sur la première page du livre. Elle semble en elle-même assez condamnable.

Laurent fronça les sourcils. Les propos de Leonardo semblaient cohérents. Il avait toutefois beaucoup de difficulté à imaginer que son vieil ami put être mêlé à cette affaire.

— Passez-moi ce livre, ordonna l'homme politique en l'arrachant des mains du père de Médicis à son tour.

À la vue des preuves irréfutables, et après avoir pris le temps de réfléchir, Laurent de Médicis consentit à l'arrestation de l'alchimiste. Cette décision ravit le père de Médicis qui pourrait enfin mettre le grappin sur Warress. Le vieil homme d'Église n'avait jamais aimé ce dément au visage défiguré. Les prêtres présents à la réunion se ruèrent hors de la basilique avec une énergie nouvelle. À voir leur agitation, Leonardo songea qu'ils risquaient fort d'exécuter l'alchimiste sur place. Antoine de Médicis pourrait bien être envahi par l'idée folle d'improviser un bûcher devant le vieux théâtre.

Vito suivit le groupe qui avait à sa tête le père de Médicis. Le maraudeur n'avait pas l'intention de manquer l'arrestation. Il ne restait plus à l'intérieur de la basilique que Leonardo, son père et Laurent le Magnifique. Piero Antonio se leva maladroitement de son siège.

— Je dois bien l'avouer, commença-t-il. Cette fois, tu as bien agi.

— Votre père a raison, dit Laurent en se levant à son tour. Mais je dois admettre que cette histoire de confrérie secrète me rend très perplexe. Voyez-vous, je connais Warress depuis une vingtaine d'années et je ne me suis jamais douté de ses plans. J'ai toujours cru qu'il était mon ami.

— Je crois qu'il s'est joué de la confiance de bien des gens, déclara l'inventeur.

— J'espère connaître le fin mot de cette histoire, souffla Laurent, dépassé.

Leonardo s'approcha de la porte de la basilique. Il vit au loin les prêtres qui tournaient vers le pont Vecchio.

— Je ne crois pas qu'ils trouveront Warress, exprima-t-il. Il doit être loin d'ici à l'heure actuelle.

Les hommes rejoignirent Leonardo. Tous trois quittèrent le bâtiment ensemble.

Le plan était fort simple : il fallait encercler le théâtre avant toute chose. L'alchimiste n'allait sûrement pas se laisser prendre facilement. En vue de capturer Warress, le père de Médicis avait rassemblé une quarantaine de prêtres. Si ce cinglé de professeur était toujours là, ils l'auraient à coup sûr.

En cette nuit sans lune, Vito était pratiquement invisible, dissimulé à l'entrée d'une ruelle sombre. Celle-ci offrait une excellente vue des lieux. Le maraudeur pourrait observer l'événement sans être repéré par quiconque. Les prêtres s'étaient rassemblés au coin d'une rue, hors de vue du vieux théâtre. Le père de Médicis semblait expliquer la marche à suivre. Des hommes, en majeure partie des prêtres, se mirent à encercler silencieusement le bâtiment. Vito sourit à la vue des ecclésiastiques qui planifiaient leur attaque. Ils avaient beaucoup plus l'air de militaires entraînés que de simples religieux. Vito était bien placé pour savoir qu'il ne fallait pas se mettre à dos l'Église catholique. Son père l'avait appris à ses dépens et avait été exécuté pour vol. C'était un risque du métier, ce que le jeune Pazzi ne savait que trop bien.

Le père de Médicis se rendit à la porte principale du théâtre, accompagné d'une dizaine d'hommes. D'autres religieux se postèrent un peu partout dans un périmètre d'environ deux cents mètres. L'un d'eux s'arrêta même à quelques pas du maraudeur, sans jamais toutefois déceler sa présence. Les troupes se préparaient à passer à l'attaque. À voir les effectifs déployés, il était évident que le père de Médicis ne voulait pas que l'alchimiste lui échappe.

L'homme d'Église avait à peine posé le pied sur la première marche de l'escalier que les portes s'ouvrirent. Vito fut pour le moins étonné : Warress était toujours à Florence. L'alchimiste était-il plus idiot qu'il ne le paraissait ? Ou bien comptait-il feindre l'innocence ? Cependant, le maraudeur doutait que ce manège fonctionne avec les membres du clergé. Ferrazini était bon pour le bûcher, qu'il soit innocent ou non.

— Êtes-vous venu pour m'arrêter ? interrogea Warress avec un sourire amusé. J'imagine que c'est pour ces églises que j'ai fait brûler ?

Après avoir monté rapidement l'escalier, le père de Médicis se posta à quelques mètres du professeur.

— Avez-vous vraiment cru pouvoir vous en sortir à si bon compte ? cracha l'homme d'Église avec un sourire victorieux.

— Et vous, mon cher Antoine ? répliqua Warress parfaitement calme.

— Saisissez-le ! ordonna le père de Médicis aux prêtres derrière lui.

Cependant, ces derniers ne bougèrent pas d'un centimètre.

— Vous avez bien mal choisi les hommes qui vous entourent, vieil homme, émit l'alchimiste en souriant.

L'ecclésiastique se tourna vers ceux en qui il avait placé toute sa confiance. Le dirigeant de la basilique Santo Spirito comprit l'ampleur du problème : la confrérie de Warress avait déjà infiltré l'Église. Elle devait déjà compter des membres dans les rangs politiques. La confrérie devait exister depuis plusieurs années à en juger d'après le nombre de membres parmi les religieux. Il devait à tout prix en informer Laurent de Médicis.

— L'incendie des églises n'était que l'élément déclencheur de mon plan, déclara Warress d'un sourire narquois. Mon unique but était de vous faire venir ici.

Tout était habilement élaboré ; même le jeune da Vinci a agi exactement comme je l'avais prédit.

— Pourquoi faites-vous tout cela ? interrogea le religieux pris au piège.

— C'est très simple, dit l'alchimiste en sortant un objet de sa poche. C'est pour que Florence tout entière sache comment le grand Antoine de Médicis est tombé face à la confrérie de la Table d'émeraude. Il faut que tous soient conscients que rien ne nous arrêtera !

L'alchimiste jeta par terre une bille de porcelaine arborant la croix des templiers. En se brisant, l'objet répandit une épaisse fumée qui envahit rapidement l'entrée du théâtre.

Le rassemblement qui se tenait devant le bâtiment devint invisible. Vito songea qu'il était plus sage de rester caché. Le prêtre qui se trouvait à quelques pas de lui et plusieurs autres religieux se mirent à courir vers le théâtre. Ils disparurent dans la fumée. La scène se déroula dans un silence quasi complet ; seul le bruit feutré des pas fut perceptible. Vito entendit plusieurs tintements métalliques en provenance du nuage de fumée, puis plus rien.

Quelques minutes plus tard, le père de Médicis jaillit du nuage de fumée qui avait commencé à se dissiper. Il dégringola mollement l'escalier de pierre. Il mourut avant d'arriver à la dernière marche. Lorsque le nuage fut totalement envolé, Vito put contempler l'ampleur de la tragédie. Les prêtres qui avaient voulu aider le vieil homme avaient subi le même sort que celui-ci.

Le maraudeur constata rapidement que l'alchimiste et ses acolytes s'étaient volatilisés. Il jeta un œil derrière lui. La ruelle était déserte. Le moment était venu de quitter les lieux discrètement. Il n'avait aucune envie d'être mêlé de près ou de loin à la mort de membres de l'Église.

15
Retour à l'atelier

Leonardo n'était pas mécontent de reprendre les cours à l'atelier. Les derniers jours avaient été mouvementés et l'inventeur avait bien hâte de retrouver sa routine. Comme les nouvelles se répandaient particulièrement vite à Florence, tout le monde savait que Warress était suspecté d'avoir participé aux incendies de la veille. Bien entendu, Verrocchio devrait suspendre les leçons d'alchimie en attendant de trouver un nouvel enseignant pour donner le cours. Toutefois, Leonardo comptait bien se procurer d'autres ouvrages d'alchimie pour parfaire sa formation en solitaire. Il avait toujours été autodidacte. L'absence de Warress ne serait donc pas un obstacle à son apprentissage.

Leonardo et Lorenzo sortirent ensemble de leur chambre.

— Je suis bien content de te revoir ! déclara sincèrement le jeune prodige. J'aurais voulu t'accueillir hier soir. J'imagine que je devais dormir comme une souche à ton arrivée.

— En effet, sauf lorsque tu t'es mis à déambuler dans l'atelier en somnambule.

— Seigneur, pas encore ! s'écria Lorenzo.

— J'en ai bien peur ! s'esclaffa Leonardo. Mais tu verras, ça va passer en vieillissant.

Les deux garçons empruntèrent l'escalier à vis car ils devaient se rendre dans la cour. Aujourd'hui, on coulerait la sphère de bronze pour la coupole de l'église Santa Maria del Fiore. L'atelier aurait pu perdre ce précieux contrat si la cathédrale avait subi des dommages plus importants à la suite de l'incendie de la veille. Par chance, cela n'avait pas été le cas.

Les étudiants devaient tous assister à la conception de la sphère. Lorsqu'elle serait terminée, les artisans y chapeauteraient une croix de bronze doré. Celle-ci était déjà achevée depuis un certain temps. Leonardo avait contemplé de près la belle et lourde pièce. Il trouvait regrettable de percher si haut une telle œuvre d'art. Au sommet de la cathédrale, il serait difficile d'en admirer toute la splendeur. Toutefois, comme le disait toujours Verrocchio, la hauteur à laquelle une œuvre allait être exposée ne devait pas être prise en compte par l'artiste lors de sa création. Il ne fallait jamais négliger les détails en se disant qu'ils ne seraient peut-être pas discernables.

Leonardo et son compagnon sortirent dans la cour de l'atelier. C'était une belle journée sans nuages. Il y avait déjà un attroupement devant les forges. Il n'y avait pas de doute, c'était le moment de vérité pour ceux qui avaient conçu le moule. Plusieurs ouvriers actionnaient les soufflets sans relâche, accentuant ainsi la force du feu dans les différents foyers. Les deux garçons rejoignirent le groupe qui observait les travailleurs en pleine préparation. Tous les foyers étaient opérationnels et prêts à fondre le bronze. Les ouvriers allaient devoir couler leurs chaudières de bronze les unes après les autres à l'intérieur du moule. Ils s'y affaireraient sans relâche jusqu'à ce que celui-ci soit rempli.

— Alberto participera au coulage de la sphère, dit Lorenzo après avoir bâillé bruyamment.

— Chanceux! s'exclama Leonardo qui rêvait de travailler sur ce projet.

L'inventeur constata qu'Alberto de Corleone semblait particulièrement nerveux. C'était tout à fait normal, car une erreur lors du coulage s'avérerait désastreuse. Le moule ne pouvait servir qu'une seule fois puisqu'il fallait le briser pour en dégager la pièce. Les forgerons avaient donc toutes les raisons d'être nerveux eux aussi en ce jour décisif. En plus, Andrea Verrocchio avait bien spécifié qu'il n'accepterait aucune erreur sur ce projet.

Lorenzo mit ses mains dans la poche ventrale de sa toge. La matinée était plutôt frisquette. Après tout, c'était la fin de septembre et les nuits devenaient de plus en plus fraîches.

— Approchons-nous des foyers, proposa-t-il en frissonnant.

— Excellente idée! répondit Leonardo. Je n'ai pas envie d'attraper la mort.

Les deux élèves s'approchèrent donc des foyers, là où la chaleur était fort agréable. Des ouvriers sortaient les creusets de fonderie dans lesquels serait bientôt fondu le bronze.

— Tu as survécu, quel dommage! lâcha Sandro Botticelli.

Sandro se trouvait derrière les deux garçons. Leonardo se tourna pour regarder celui qui l'avait expédié chez le docteur Calvino. Lui et Sandro se fixèrent quelques secondes puis ce dernier se remit à observer les ouvriers. Il ne semblait rien avoir à ajouter. L'inventeur songea qu'il était plus sage d'ignorer le peintre. Il concentra donc lui aussi son attention sur les travailleurs.

Andrea Verrocchio sortit du bâtiment des chambres. Le directeur semblait plus fatigué qu'à l'habitude. Il s'approcha des foyers et ordonna aux ouvriers d'entamer la fonte du bronze. Il s'adressa ensuite aux élèves.

— Aujourd'hui, nous aurons une journée très chargée. L'atelier a pris un certain retard sur ses commandes. J'espère donc pouvoir compter sur vous pour le rattraper.

Andrea fit une légère pause. Il semblait chercher ses mots ce matin.

— À la suite des incendies d'hier soir, reprit-il, Laurent le Magnifique a sollicité la moitié du personnel de l'atelier pour deux semaines. Nous devrons donc mettre les bouchées doubles en l'absence de ceux qui partiront.

Les étudiants se mirent à chuchoter de toutes parts. Le maître soupira avant de conclure sur la nouvelle de l'heure.

— Pour les rares personnes qui ne sont pas encore au courant, voici les dernières informations. Le père de

Médicis est mort cette nuit. Lui et plusieurs prêtres ont été retrouvés assassinés près du vieux théâtre. Avant de tirer des conclusions hâtives, laissons les autorités faire la lumière sur cette affaire.

Leonardo sursauta en entendant la nouvelle. Personne ne l'avait mis au courant. Il n'avait pas revu Vito depuis hier soir ; la dernière fois qu'ils s'étaient vus, le maraudeur accompagnait justement le religieux. Tout cela était inquiétant, Leonardo ne savait quoi en penser. Warress avait-il tendu un piège au vieil homme d'Église ? Il n'arrivait pas à croire que le responsable de la basilique Santo Spirito était mort. L'inventeur le connaissait depuis son plus jeune âge. Tous deux s'étaient toujours détestés, mais Leonardo n'avait jamais été jusqu'à souhaiter la mort d'Antoine de Médicis.

— Il y aura bien plus de gens à la messe ! railla Botticelli. Ils ne pourront pas trouver pire que ce vieux fou.

Le directeur de l'établissement tourna un regard sombre vers Sandro.

— Monsieur Botticelli, vous passerez le reste de la matinée dans votre chambre ! décréta-t-il d'une voix grave.

— Parfait ! répliqua Botticelli. De toute façon, les activités de ce matin ne m'intéressaient pas le moins du monde.

Sandro passa entre Leonardo et Lorenzo avant de regagner le bâtiment des chambres.

— Imbécile ! souffla Leonardo en regardant le peintre entrer à l'intérieur.

Les ouvriers, dont Alberto, avaient commencé à faire fondre le bronze dans les creusets. Capables de résister à des températures extrêmes, ces récipients étaient ensuite déposés au cœur de chaque foyer. Lorsque le bronze contenu à l'intérieur aurait atteint la température de fusion, les forgerons les apporteraient jusqu'au moule à l'aide de longues pinces en fer. Ils allaient devoir couler plus de deux tonnes de bronze pour remplir le moule. C'était un poids colossal. La sphère allait sûrement donner du fil à retordre à l'équipe qui devrait la hisser jusqu'au sommet de la cathédrale Santa Maria del Fiore.

— Je ne voudrais pas être à la place d'Alberto, avoua Lorenzo en regardant la scène avec intérêt.

Leonardo étouffa un rire.

Le coulage s'était bien déroulé ; il ne restait maintenant plus qu'à attendre. Dans quelques heures, les ouvriers briseraient le moule d'argile et de crottin. La sphère apparaîtrait alors dans toute sa splendeur. Andrea Verrocchio avait libéré les étudiants jusqu'au prochain cours. Puisqu'il disposait d'environ une heure, Leonardo avait décidé d'aller faire un petit tour à son atelier. Il espérait y trouver Vito.

La ville semblait bien paisible ce matin ; c'était le calme après la tempête. Après une vingtaine de minutes de marche, Leonardo arriva enfin devant son atelier. Au moment même où il allait ouvrir la porte, quelqu'un l'interpella.

— Nom d'une pipe, da Vinci! C'est ici que se trouve ton fameux atelier!

Sandro Botticelli inspectait le bâtiment des yeux. Le peintre avait suivi Leonardo sans que celui-ci s'en rende compte. Les yeux de Botticelli vinrent se poser sur l'inventeur. Il n'y avait rien de bienveillant dans ce regard.

— Qu'est-ce que tu veux? questionna Leonardo, mécontent.

Sandro s'approcha en arborant un sourire glacial.

— Il n'y a eu aucun vandalisme à l'atelier durant ton absence, jeta-t-il sur un ton hostile. Tu ne trouves pas ça étrange? Et la nuit dernière, une autre toile a été saccagée. Pour ma part, je trouve tout cela assez révélateur.

— Je n'ai pas touché à ton œuvre, déclara Leonardo sérieusement. Il y a un saboteur parmi notre groupe. Je ne sais pas encore qui, mais il ne s'agit certainement pas de moi.

— Va faire croire ça aux autres, répliqua Botticelli en agrippant Leonardo par le col de sa toge. Je sais que c'est toi et je le prouverai!

— Bonne chance! déclara Leonardo en repoussant son attaquant. Qui dit que ce n'est pas toi le saboteur? Je n'ai aucune difficulté à te voir saccager ta propre toile pour me faire porter le chapeau!

— Tu me connais mal. Je ne suis pas assez idiot pour faire ça.

— Permets-moi d'en douter, répliqua Leonardo qui éprouvait une forte envie d'envoyer son poing dans la figure de l'autre.

— Tu sais quoi ? reprit Botticelli sur un ton douce-reux. Ton amitié avec Warress Ferrazini paraît mainte-nant suspecte. Beaucoup de personnes pensent que tu es de connivence avec cet alchimiste cinglé. J'aurais tendance à croire qu'ils ont raison. Tu détestais telle-ment le père de Médicis, tu aurais bien pu mettre le feu à sa basilique.

— Tu ne l'aimais pas davantage, fit remarquer l'inventeur.

La porte de l'atelier s'ouvrit derrière Leonardo. Botti-celli écarquilla les yeux, surpris par ce qu'il voyait.

— Vous avez bientôt fini ? s'écria Vito en sortant de l'atelier.

Leonardo se tourna pour observer son ami. Le maraudeur ne semblait pas avoir dormi de la nuit. En fait, l'adolescent n'avait jamais vu Vito dans un tel état : son visage était très pâle et de larges cernes souli-gnaient ses yeux. Il paraissait si épuisé que même Sandro en resta sans voix.

— Entre à l'intérieur, Leo, ordonna Vito en fixant des yeux Sandro Botticelli. J'ai à te parler.

— Nous continuerons cette conversation plus tard, déclara le peintre tout juste avant de se faire fermer la porte au nez.

Sandro s'approcha de la porte close dont il inspecta la serrure. Celle-ci, des plus banales, serait facile à forcer au besoin. Le peintre sourit légèrement avant de quitter les lieux d'un pas tranquille. Il avait la ferme intention de revenir plus tard. Dorénavant, Sandro avait l'intention de mener la vie dure à Leonardo.

Vito jeta un regard inquiet par le grand vitrail circulaire de l'atelier. L'artère semblait tranquille. Il vit Sandro tourner à gauche au coin de la rue ; le peintre retournait probablement à l'atelier de Verrocchio. Derrière le maraudeur et Leonardo, au centre de l'atelier, se trouvait une structure en bois inachevée. C'était l'Aves 3 qui commençait à prendre forme. Toutefois, il restait encore beaucoup à faire pour terminer l'engin.

En passant devant la toile de Vera, Leonardo constata que ses deux amis étaient venus à l'atelier durant sa convalescence. La toile avait beaucoup avancé. Vito y était représenté à la perfection. Vera était une artiste douée, probablement plus que ne le serait jamais Leonardo.

Tout en s'approchant de la fenêtre, Leonardo tenta de rassurer son ami :

— Ne t'inquiète pas, Vito. Je ne crois pas qu'il reviendra aujourd'hui.

— Je me fiche totalement de Botticelli. Il est vraiment le dernier de mes soucis.

Décidément, Vito ne semblait pas dans son assiette.

— Alors, qu'y a-t-il? Que s'est-il passé au vieux théâtre?

Vito regarda une autre fois par la fenêtre, comme s'il craignait que quelqu'un dans la rue puisse l'entendre.

— J'ai suivi les troupes du père de Médicis jusqu'au vieux théâtre. En arrivant sur les lieux, je me suis dissimulé dans l'ombre. C'est alors que j'ai vu que Warress n'avait pas encore quitté la ville. C'est lui qui a tué le père de Médicis.

— Tu en es certain?

Leonardo imaginait mal son ancien professeur d'alchimie tuer quelqu'un.

— Il y avait une épaisse fumée, je ne suis donc pas certain qu'il ait lui-même commis le meurtre. Cependant, si ce n'est pas lui le coupable, c'est l'un de ses disciples. Et je ne t'ai pas encore dit le plus troublant.

— De quoi s'agit-il?

— Après le meurtre du religieux, j'ai suivi Warress de loin. Je crois qu'il ne s'est douté de rien, mais je n'en suis pas entièrement certain. Voilà pourquoi je suis si nerveux.

— Raconte-moi ce que tu as vu.

— J'ai vu une équipe parfaitement organisée. Il ne s'agit pas d'amateurs, Leo. Ils savaient parfaitement ce qu'ils faisaient. Je crois même que le groupe de l'alchimiste a déjà infiltré le clergé.

— Il faut avertir les autorités, réagit vivement Leonardo. Nous devons aller voir Laurent de Médicis.

— C'est justement ce qu'il ne faut pas faire, dit Vito gravement. Pour ce qu'on en sait, Laurent est peut-être membre de cette confrérie, et même Andrea Verrocchio. Il ne faut pas parler de cette affaire à n'importe qui, sinon nous irons dormir avec les poissons !

Leonardo avait beaucoup de difficulté à croire qu'Andrea Verrocchio pouvait avoir un lien avec la confrérie de l'alchimiste. Cependant, il devait prendre les doutes de Vito en considération.

— De toute façon, reprit le maraudeur, Warress est parti avec plusieurs de ses disciples. Vers environ quatre heures du matin, ils ont pris un bateau qui les attendait sur la rive du fleuve Arno, près du pont Vecchio. Ils se rendaient probablement au port de Livourne. De là, ils pourront monter à bord d'un plus gros navire.

— Mais où sont-ils allés ?

— Nul ne le sait… Chose certaine, ils quitteront le pays au plus vite. À leur place, c'est ce que je ferais.

— Alors Warress s'est enfui, dit Leonardo en allant s'asseoir.

Vito resta collé à la fenêtre. Il lui faudrait encore plusieurs jours avant d'être entièrement rassuré.

— Il reviendra. Je suis sûr que nous n'avons pas fini d'entendre parler de lui.

— Pour l'instant, j'ai bien assez de problèmes avec le saboteur à l'atelier, souffla Leonardo, découragé.

Botticelli entra dans sa chambre. Il y avait un chevalet près de la fenêtre. Le jeune peintre s'était remis rapidement au travail après la destruction de son œuvre. Sandro y travaillait même avec plus d'ambition. Chaque jour, la madone reprenait un peu plus forme. Cette fois, Sandro devait travailler de mémoire, car Vera avait refusé de poser. Il se basait sur les restes de la toile originale, qu'il avait accrochés au mur. Mais le visage du personnage avait été détruit. C'était l'une des raisons pour lesquelles Sandro Botticelli soupçonnait Leonardo d'être le coupable. Il était convaincu que l'inventeur avait des sentiments pour Vera. Il croyait fermement que son rival lui en voulait d'avoir pu peindre la jeune femme dans l'intimité de sa chambre. En vérité, Leonardo ignorait totalement que Vera avait posé pour lui ; il n'avait même jamais vu la toile de Botticelli. Mais le peintre ignorait ces deux faits.

Comme Sandro s'y était attendu, Pietro était étalé sur son lit. Il mangeait une collation.

— Je vais avoir besoin de toi, signifia Botticelli en fermant la porte derrière lui.

— Maintenant ? se plaignit Pietro, la bouche pleine. Mais je suis en plein goûter !

— Non, tu peux te remplir la panse comme bon te semble. C'est ccttc nuit que j'aurai besoin de toi.

Pietro fronça les sourcils. Il n'était pas sûr d'avoir bien compris.

16
Un sale coup

Leonardo était revenu juste à temps pour son cours de gravure sur or. C'était loin d'être sa matière favorite, mais il y avait pire. Lorenzo entra dans la classe et chercha aussitôt Leonardo des yeux ; il semblait pressé de le trouver. Le jeune garçon vint prendre place à côté de son copain de chambre. Il lui chuchota à l'oreille :

— Il y a eu du vandalisme dans la salle de tissage. Il paraîtrait que les dommages se montent à des centaines de florins. Monsieur Verrocchio est furieux.

— Je le serais tout autant, répliqua Leonardo. Avec la toile qui a été détruite la nuit dernière, ça commence à faire beaucoup de pertes monétaires. Quand est-ce que c'est arrivé ?

— Durant l'heure du dîner, déclara Lorenzo, juste après le coulage de la sphère.

— Excellent ! déclara Leonardo.

Lorenzo tourna un regard choqué vers son ami.

— Pourquoi ? questionna-t-il vivement.

— Sais-tu que plusieurs personnes me suspectent d'être le coupable ? interrogea Leonardo en murmurant.

Le jeune di Credi afficha un certain malaise, qu'il tenta en vain de réprimer.

— J'en ai entendu parler, finit-il par avouer.

— J'étais parti à mon atelier durant l'heure du repas, déclara Leonardo avec un sourire.

— Est-ce que quelqu'un t'a vu t'y rendre ?

— Sandro Botticelli, répondit Leonardo simplement.

— Je vois, souffla Lorenzo d'un air songeur. Sandro serait donc innocent lui aussi.

— Possible.

— Il pourrait avoir un complice, et toi aussi d'ailleurs.

— Ce n'est pas faux, souffla Leonardo, soudainement embêté.

Ils n'étaient pas plus avancés, car les deux rivaux ne pouvaient être innocentés. Toutefois, Leonardo ne croyait pas que Sandro Botticelli fût le vandale et il doutait fort que le saboteur ait un complice. Mais il n'avait aucune preuve pour étayer ses opinions. Quoi qu'il en soit, Botticelli n'était pas le coupable, c'était simplement un idiot.

Andrea Verrocchio fit son entrée dans la salle de cours. Le pauvre homme semblait encore plus éprouvé que la dernière fois que l'inventeur l'avait vu.

— Bonjour à tous, dit le grand maître sans trop de conviction. Aujourd'hui, vous allez continuer vos projets de gravure. Nous verrons de nouvelles notions au prochain cours.

— Merveilleux! lança Sandro du fond de la classe. Comment pouvons-nous parfaire nos techniques si nous n'acquérons pas de nouvelles notions?

— Commencez par vous taire! rugit Verrocchio en fusillant l'impertinent des yeux.

Un malaise envahit la classe. Andrea était reconnu pour son calme inébranlable. Cette poussée de colère ne lui ressemblait vraiment pas.

— Pardonnez-moi, s'excusa-t-il en reprenant ses esprits. C'est à cause de tous les événements survenus à l'atelier ces derniers temps; je ne sais plus où donner de la tête. Je vais engager quelqu'un pour trouver le coupable. Soyez certains, chers élèves, que tout reviendra à la normale très bientôt. Pour l'instant, allez chercher vos gravures et mettez-vous au travail.

Les élèves se levèrent pour se rendre dans la pièce voisine.

Quand Leonardo passa près du professeur, celui-ci l'intercepta:

— Pas vous. Je veux vous voir en privé.

Andrea Verrocchio conduisit Leonardo jusqu'à l'extérieur. Un peu plus loin dans la cour, des ouvriers s'affairaient à briser le moule de la sphère. Le maître invita son élève à s'asseoir sur l'un des bancs en bordure du bâtiment des chambres.

— Leonardo, commença tranquillement Verrocchio en prenant place à côté du jeune homme, je ne vous apprends rien en vous disant que plusieurs personnes vous suspectent ?

— Non, répondit Leonardo honnêtement, pas vraiment.

L'inventeur était bien curieux de voir sur quoi débouicherait cette conversation.

— Vous n'avez pas à vous inquiéter, certifia immédiatement le maître. Je ne crois pas une seule seconde que vous soyez le coupable. Par contre, je pense que quelqu'un veut vous faire porter le chapeau. Il serait facile de conclure qu'il s'agit de Sandro Botticelli, compte tenu de la haine que vous éprouvez l'un pour l'autre.

— Je ne crois pas que Botticelli soit le coupable, affirma Leonardo d'un air songeur. Mais lui semble convaincu que je le suis.

— Sandro a un très mauvais caractère, mais c'est un brave garçon quand il ne fait pas l'idiot.

— J'imagine que vous dites vrai.

— Bref, si je voulais vous voir en privé, c'était pour vous prévenir. Je vous conseille d'être sur vos gardes.

— À cause de toute cette histoire à l'atelier ?

— En partie. Mais il y a aussi la mort du père de Médicis, sans compter que votre amitié avec l'alchimiste fait beaucoup parler. Je ne veux pas vous inquiéter, Leonardo, cependant certaines personnes pensent que vous pourriez avoir conduit le père de Médicis dans un piège. L'idée est ridicule, bien sûr. Toutefois, les autorités chargées de cette affaire ne vous connaissent pas aussi bien que moi.

— J'ai effectivement conduit tout droit le religieux dans un traquenard, déclara sombrement Leonardo, sauf que j'ignorais que tel était le cas.

Le directeur de l'atelier posa une main rassurante sur l'épaule du jeune homme.

— C'était la seule chose à faire, dit-il. Vous êtes allé voir les bonnes personnes. Vous ne pouviez pas prédire la suite des événements et vous n'avez rien à vous reprocher.

— Merci, murmura Leonardo.

— N'oubliez pas que vous devez me remettre très bientôt votre projet, rappela le professeur en changeant brusquement de sujet. Avez-vous commencé ?

— Non, mais je vais m'y mettre bientôt.

L'un des forgerons accourait dans la direction d'Andrea et de Leonardo, le visage empreint de panique.

— Seigneur, souffla le directeur, qu'y a-t-il encore ?

L'ouvrier s'arrêta en face de Verrocchio, essoufflé.

— Oui ? interrogea Verrocchio avec impatience.

— La sphère s'est fendue lorsque nous avons brisé le moule! annonça l'ouvrier.

— C'est impossible! s'écria Verrocchio en bondissant littéralement du banc.

Le directeur se précipita au bout de la cour. Leonardo ne put s'empêcher de le suivre. Tous les ouvriers avaient les yeux rivés sur la sphère, au milieu des débris du moule. La sphère était fendue en quatre et sa surface s'émiettait. Andrea était sans mot. Dans toute sa carrière, il n'avait jamais vu du bronze se désagréger de cette façon. Leonardo toucha à la sphère. Le métal craqua au simple contact de son doigt.

L'inventeur se tourna vers le directeur.

— La transmutation des métaux! s'écria-t-il. C'est l'une des branches principales de l'alchimie!

— Qu'est-ce que vous racontez, Leonardo? interrogea Verrocchio, perplexe.

— En alchimie, expliqua Leonardo, surexcité, il est question de la transmutation des métaux. Les alchimistes n'ont jamais vraiment réussi à transformer un métal en un autre, par exemple à changer du plomb en or. Cependant, ils sont parvenus à trafiquer les métaux. En quelques mots, ils pourraient faire paraître ce métal de piètre qualité pour du bronze de valeur.

Leonardo tenait un morceau de la sphère qu'il venait d'arracher sans difficulté.

— La personne qui est parvenue à faire passer cette ferraille pour du bronze a de bonnes connaissances en alchimie. C'est probablement un alchimiste adroit ou un élève rudement doué. Un amateur n'aurait pas réussi à duper les ouvriers.

Andrea approuva d'un hochement de tête. Il fallait à tout prix trouver le coupable : l'avenir de l'atelier en dépendait.

Les cours étaient enfin terminés. Quelques minutes plus tôt, Leonardo s'était rendu à sa chambre pour y cueillir des livres de notes. Il comptait passer quelques heures tranquilles à son atelier avant le couvre-feu. La journée avait été éprouvante pour tout le monde, particulièrement pour Andrea Verrocchio. La confection de la sphère avait lamentablement échoué, et les ouvriers devraient concevoir un nouveau moule. Mais le pire dans toute cette histoire était le vol du bronze. Deux mille tonnes de bronze, cela représentait une large somme pour l'atelier. Il était surprenant que quelqu'un ait pu dérober une telle quantité de bronze sans attirer l'attention. Le vol avait été exécuté avec brio.

Leonardo s'apprêtait à sortir par la porte principale de l'établissement lorsqu'on l'interpella. C'était une voix féminine, mais il ne s'agissait pas de Vera. Après s'être retourné, l'inventeur découvrit Déborah, l'amour secret de Vito. Elle portait une robe bleu ciel qui lui allait à ravir.

— Oh, bonsoir ! s'exclama Leonardo, surpris.

L'adolescent n'avait encore jamais parlé à la jeune Asiatique. Elle était éblouissante. L'inventeur saisissait sans mal pourquoi Vito lui accordait autant d'attention.

— Je ne te dérange pas ? interrogea Déborah.

Leonardo ne pouvait laisser passer cette occasion en or de mieux connaître la jeune fille.

— Non, jeta-t-il rapidement, pas le moins du monde.

— Ton duel contre Botticelli dans la cour de l'atelier était vraiment impressionnant ! déclara Déborah avec admiration.

Pour Leonardo, sa première altercation armée avec le peintre semblait remonter à des années. Il n'avait guère eu le temps d'y repenser depuis.

— C'est gentil, répondit l'inventeur en haussant les épaules. Mais je n'aurais pas fait ce combat si j'avais pu l'éviter.

— C'était particulièrement courageux de ta part, à mon avis, affirma Déborah en posant une main sur l'épaule de son compagnon.

Un malaise s'empara de l'inventeur. Il espérait que Vito n'épiait pas la scène. En effet, le maraudeur semblait souvent avoir des yeux tout le tour de la tête. S'il ne voyait pas quelque chose par lui-même, il finissait par l'apprendre par l'intermédiaire de quelqu'un d'autre.

— J'ai entendu dire que tu étais curieux à mon égard, murmura l'Asiatique avec un sourire complice. C'est plutôt charmant.

Les choses se compliquaient… Vera avait sûrement discuté avec la jeune femme et lui avait appris qu'il avait posé beaucoup de questions sur elle. Maintenant qu'il y repensait, c'est vrai qu'il avait pu paraître intéressé par Déborah. Mais il cherchait à recueillir des informations sur elle pour le compte de Vito. Involontairement, Vera l'avait mis dans un beau pétrin.

— Je suis curieux de nature.

— C'est une belle qualité, à mon avis. Veux-tu aller manger quelque chose ?

L'inventeur ne savait trop comment réagir à l'invitation.

— Pourquoi pas ? se contenta-t-il de répondre.

— Je connais une excellente taverne, déclara la jeune femme. Suis-moi.

Elle s'engagea aussitôt dans la rue. Leonardo n'avait d'autre choix que de l'accompagner. Sa soirée tranquille à travailler sur l'Aves 3 devrait attendre au lendemain.

— Attends-moi ! s'écria-t-il.

Il rattrapa rapidement la ravissante Asiatique. Celle-ci dit, d'un air enjoué :

— Tu vas voir, il y a des musiciens et la nourriture est vraiment délicieuse.

— J'ai hâte d'y être, mentit Leonardo.

— Tu es certain qu'il ne débarquera pas ? interrogea Pietro nerveusement.

Botticelli était penché sur la porte de l'atelier de Leonardo et tentait d'en crocheter la serrure. Son grassouillet compagnon faisait le guet sur le trottoir. Comme à l'habitude, la rue était particulièrement tranquille. Les bâtiments environnants étaient en majeure partie des entrepôts commerciaux. Par conséquent, à cette heure tardive, les ouvriers avaient regagné leur domicile.

— Ne t'inquiète donc pas, répondit Sandro. Il sera occupé toute la soirée. Tu connais Déborah ?

— Oui. Elle est mignonne.

— Je lui ai demandé de distraire Leonardo pendant quelques heures.

— Tu es trop malin ! Et pour ce qui est de Vito ?

— Nous avons de la chance, il doit rencontrer Andrea Verrocchio à l'atelier. Nous ne risquons pas de l'avoir dans les pattes.

Après avoir inséré une tige de fer dans la serrure, Botticelli y enfonça le bout d'un ciseau qu'il avait emprunté à l'atelier.

— Tu crois pouvoir y arriver ? interrogea Pietro.

— Si tu arrêtes de parler, je réussirai peut-être.

La porte se déverrouilla. Les deux garçons jetèrent un œil à l'intérieur. L'escalier qui menait à l'atelier se dressait devant eux.

Sandro Botticelli se vanta :

— Tu vois, c'était plutôt facile. Aucune porte ne me résiste.

— Où est-ce que tu as appris à faire ça ?

— À l'atelier, bien entendu. C'est étonnant ce qu'on peut y apprendre parfois.

17
Mettre ses talents à contribution

C'était dimanche et les travailleurs de l'atelier profitaient d'une journée de repos bien méritée. Le soleil plombait sur Florence ce matin-là. Malgré tout, le temps demeurait frisquet. Leonardo et Vito quittèrent l'établissement de Verrocchio accompagnés de Vera. Le trio comptait passer une partie de la journée à l'atelier de l'inventeur. Après la semaine mouvementée qu'ils avaient connue, ils avaient tous besoin d'un peu de tranquillité. Ils avaient aussi pensé aller se promener en bordure du fleuve dans l'après-midi.

— Vito, j'ai entendu dire que monsieur Verrocchio t'avait chargé d'enquêter sur le saboteur, déclara Vera. Penses-tu pouvoir le débusquer ?

— Les nouvelles vont vite ! s'étonna le maraudeur. Comment l'as-tu su ?

— C'est Déborah qui me l'a appris hier soir, répondit Vera.

Vito fronça les sourcils. Il ne savait pas Déborah aussi bien informée. Leonardo ne jugea pas nécessaire d'indiquer qu'il avait passé la soirée de la veille avec la jeune Asiatique. Cet agréable moment lui avait permis de mieux connaître Déborah. Cependant, dans l'immédiat, Leonardo trouvait plus sage de ne pas révéler certains détails gênants de la rencontre. En effet, la jeune femme semblait lui porter un intérêt évident.

— Ah! se contenta de souffler Vito d'un air songeur.

— Des suspects en vue? questionna Leonardo pour faire dévier la conversation.

— J'en ai plusieurs, répondit Vito rapidement. Maintenant, il ne me reste qu'à les écarter jusqu'au dernier.

— Qui sont-ils? s'enquit Vera, curieuse.

— Lorenzo, Alberto, Pietro, Déborah et toi, Vera.

— Tu te fiches de moi! éclata la jeune femme. Pourquoi me suspectes-tu?

— Ne le prends pas personnel, répondit Vito avec un mince sourire, mais dans mon métier il ne faut négliger aucun détail.

— Mais comment peux-tu considérer Lorenzo comme un suspect? demanda Leonardo, perplexe.

— Je ne crois pas qu'il soit volontairement coupable, expliqua Vito. Toutefois, ses crises de somnambulisme lui valent de figurer parmi mes suspects. Il aurait pu saccager les œuvres dans son sommeil. J'avoue que cette hypothèse est tirée par les cheveux, mais je dois envisager toutes les possibilités.

— Il y a eu du vandalisme dans l'atelier des tisserands hier, révéla Leonardo, mais c'était en pleine journée.

— Lorenzo fait très souvent des siestes après les repas, fit remarquer le maraudeur.

Leonardo ne pouvait le nier. Le jeune prodige avait le sommeil très facile.

— Ça me semble tout de même complètement ridicule, formula Vera.

— En effet, reconnut Vito. À vrai dire, Pietro est mon principal suspect.

— Pourquoi donc ? voulut savoir Leonardo.

— Lorsque Botticelli t'a suivi jusqu'à ton atelier, Pietro ne l'accompagnait pas. Il était à l'atelier de Verrocchio. De plus, à mon avis, il est capable de tels actes.

Leonardo haussa les épaules, car il entretenait certains doutes.

— Moi aussi, je le crois capable de commettre ce genre de délits. Cependant, je doute qu'il soit assez futé pour éviter de se faire prendre. Il n'est pas des plus brillants.

— Toute cette histoire est un vrai casse-tête ! soupira Vito, accablé.

Les trois amis arrivèrent dans la rue de l'atelier.

— Ne te décourage pas, Vito, dit Leonardo en administrant une tape amicale sur l'épaule du maraudeur. Nous allons mettre nos cerveaux à contribution, Vera et moi !

Leonardo sortit de sa poche la clé de l'atelier. Il s'apprêtait à déverrouiller la porte lorsqu'il constata qu'elle était entrebâillée. Elle avait visiblement été forcée.

— Oh non ! s'exclama l'inventeur avant de grimper l'escalier à toute vitesse.

Vito et Vera échangèrent un regard inquiet avant de rejoindre leur ami. L'atelier était dans un sale état. La grande étagère qui longeait le mur de droite avait été jetée par terre. La majeure partie du matériel offert par le professeur d'alchimie avait été brisée.

— L'Aves 3 a été détruit, émit Leonardo d'une voix vibrante.

Désemparé, l'inventeur contemplait le squelette de l'Aves 3 qui avait été mis en pièces. Quand il en détacha les yeux, il parcourut l'atelier d'un regard hypnotisé. Il s'approcha ensuite des restes noircis d'un tonneau et regarda à l'intérieur. Ses carnets de notes y avaient été brûlés ; il n'en subsistait plus que des restes carbonisés.

— Tout ce saccage est probablement l'œuvre des disciples de Warress, formula Vito. Ils n'ont pas apprécié que tu dénonces leur mentor.

— Ne se sont-ils pas tous enfuis ? demanda Vera en se penchant pour ramasser une bouteille d'argile toujours intacte.

— Ils ne partiront jamais tous, dit Leonardo en examinant l'Aves 3. Warress aura toujours des disciples à Florence.

L'inventeur marcha jusqu'à l'engin qui lui servait pour la production du gaz des marais. La production allait bon train, Leonardo avait déjà stocké plusieurs tonneaux du gaz volatil. Bien entendu, il lui restait encore à trouver le moyen de le purifier. L'inventeur était convaincu que la solution se trouvait dans l'un de ses nombreux ouvrages d'alchimie. Mais pour l'instant, c'était le cadet de ses soucis.

— Dieu merci, ils n'ont pas touché ces tonneaux. Sinon le quartier aurait pu partir en fumée.

— Tu ferais mieux de renforcer la porte du bâtiment dans ce cas, conseilla Vera en déposant sur la table du matériel qui n'avait pas été brisé. Tu ne voudrais pas être responsable d'une telle catastrophe, n'est-ce pas ?

— Tu as raison, dit Leonardo, troublé. Je n'avais jamais songé aux risques.

Vito entreprit de remettre debout l'étagère, mais il abandonna bien vite. Le sol était jonché d'une telle quantité d'objets brisés que le maraudeur ne réussissait pas à trouver un équilibre stable pour le meuble. Il faudrait tout nettoyer avant de pouvoir replacer l'étagère. Leonardo leva les yeux sur le chevalet de Vera. Ses yeux s'illuminèrent.

— Les disciples de Warress n'ont rien à y voir. Le coupable, c'est Sandro Botticelli.

— Qu'est-ce qui te permet d'affirmer cela ? questionna Vito.

— La toile est intacte. Botticelli n'aurait jamais détruit l'œuvre de Vera.

— Tu crois ? interrogea la jeune femme. Je ne vois pas pourquoi.

— Ton style est très distinct, dit Vito, et Botticelli l'a sans nul doute reconnu. De plus, il doit être au courant que tu viens peindre ici.

— J'avais compris, jeta Vera impatiemment. Mais je ne vois pas pourquoi ça aurait empêché Sandro de détruire ma toile.

— Tout simplement parce qu'il a des sentiments pour toi, formula Leonardo.

— C'est vraiment n'importe quoi ! lâcha la jeune femme, gênée. Tu n'y connais rien en amour, Leo. Et puis, ce garçon n'aime qu'une seule personne : lui-même.

— Je n'en suis pas si sûr, dit Vito en souriant.

— Bon, au travail ! s'exclama la jeune femme avec la ferme intention de changer de sujet.

Leonardo sourit, amusé par la situation. Il détourna les yeux et découvrit l'une des bouteilles que lui avait données l'alchimiste. On l'avait cassée et son contenu avait coulé sur le sol de l'atelier. Le liquide de couleur charbon laisserait sans doute une vilaine tache. Il s'agissait d'une mixture de chlorure d'argent, qui avait noirci en entrant en contact avec la lumière du jour. Juste à ce moment-là, la lumière fut momentanément assombrie par l'arrivée de gros nuages. L'inventeur se pencha vers le dégât avec fascination. La lumière qui avait pénétré à travers le grand vitrail circulaire avait imprimé le visage de la Sainte Vierge dans la tache de chlorure. La mixture avait probablement été exposée au soleil durant un bref instant, lors d'une courte éclaircie, juste assez pour faire réagir le chlorure d'argent.

— Oh! s'exclama Vito derrière l'épaule de Leonardo. Une manifestation de la Vierge Marie!

— Un miracle de la science, corrigea Leonardo.

En désignant le vitrail de l'index, il expliqua :

— C'est une copie. Le chlorure d'argent a réagi à la lumière qui passait à travers le vitrail.

— C'est incroyable! souffla Vera en constatant le phénomène.

— Profitez-en bien, conseilla l'inventeur, car dans quelques minutes le chlorure aura complètement noirci.

Leonardo fixa la tache d'un regard songeur. Soudain, ses yeux s'écarquillèrent : une idée de génie venait de le frapper.

— Je sais comment débusquer le saboteur de l'atelier! s'écria-t-il. Vite, il me faut du papier!

La température était beaucoup plus tolérable dans le bureau d'Andrea Verrocchio depuis quelques semaines. Les nuits étaient plus fraîches récemment et ce n'était pas pour déplaire au directeur de l'atelier. Andrea profitait de la journée pour étudier les nouvelles commandes. Les choses n'allaient pas très bien ces derniers temps, et les clients se faisaient plus rares. À cause des dégâts causés par le saboteur, l'atelier avait dû remettre plusieurs commandes en retard. Par conséquent, bon nombre de clients s'étaient tournés vers des compétiteurs, parmi lesquels l'atelier des frères Pollaiolo. La compétition étant rude dans le domaine des arts, il n'y avait guère de place pour l'erreur. Pour l'instant, Verrocchio avait réussi à cacher le désastre de la sphère de bronze aux clients de la basilique. Si la nouvelle se répandait, cela sonnerait sûrement la mort de l'atelier. C'était l'une des raisons qui lui causaient beaucoup d'insomnie depuis quelques jours. Andrea quitta des yeux ses papiers lorsqu'on frappa à la porte.

— Entrez! cria-t-il.

Il était plutôt rare qu'on le dérange le dimanche; les élèves avaient normalement mieux à faire que de lui rendre visite. Sandro Botticelli entra dans la pièce. Il tenait un objet rectangulaire enveloppé d'un drap.

— Est-ce que je vous dérange? questionna le peintre. Si tel est le cas, je peux revenir plus tard.

Il semblait légèrement nerveux, ce qui était plutôt inhabituel de sa part.

— Non, ça va, répondit le directeur. Qu'est-ce que je peux faire pour vous, Botticelli?

— Je viens vous remettre mon travail, annonça Sandro en s'approchant du bureau.

— Vous êtes en avance, fit remarquer Verrocchio.

Le jeune homme haussa les épaules.

— Je n'ai pas envie de risquer que ma toile soit détruite une fois de plus. Maintenant, si elle est vandalisée, au moins vous l'aurez vue avant.

— Ce n'est pas bête, accorda Andrea en invitant Botticelli à s'asseoir.

Le peintre déposa son colis sur le bureau.

— Vous avez une sale mine, déclara Sandro sans ambages. Est-ce que les choses vont si mal?

— Je peux bien vous le dire: les choses vont très mal. Si nous ne retrouvons pas le bronze volé, l'atelier fermera ses portes. Ce bronze représente une somme faramineuse et je n'ai pas les moyens d'en racheter une telle quantité. En plus, nous avons perdu beaucoup de clients fidèles.

— S'ils étaient si fidèles, nous ne les aurions pas perdus.

— Vous n'avez pas tort, concéda Andrea avec un pâle sourire.

— Ne soyez pas si inquiet, nous trouverons le coupable.

— Je l'espère, répondit simplement le directeur. Mais pour le moment, regardons un peu cette toile.

Le maître enleva soigneusement le drap qui recouvrait l'œuvre. Le travail exécuté par l'artiste était très soigné. Les visages avaient été peints avec précision, et les dégradés réalisés de façon parfaite. Andrea reconnaissait le visage de Vera dans celui de la Sainte Vierge. Il sourit en découvrant le visage des deux anges: ils arboraient les traits de Lorenzo di Credi. Les mélanges de couleurs avaient été réussis avec brio. La ravissante Marie portait une robe bleu et rose dont les couleurs étaient superbes. Verrocchio aimait particulièrement le regard des deux chérubins. Ils fixaient la Sainte Vierge sévèrement, sûrement pour lui rappeler qu'elle tenait dans ses bras le fils de Dieu.

— Comment s'appelle cette toile ? interrogea Andrea.

— Je l'ai baptisée *La madone et deux anges,* répondit Botticelli.

— C'est du très beau travail, complimenta le directeur. Vous avez fait d'excellents progrès.

La nervosité du peintre diminua : son œuvre semblait réellement plaire au propriétaire de l'atelier.

— Merci beaucoup, déclara Sandro Botticelli respectueusement. Je n'ai pas ménagé mes efforts pour ce projet.

Verrocchio recouvra la toile avant de se lever.

— Je vais la garder ici, dit-il en allant la déposer plus loin. Ainsi, elle sera en sûreté.

Après être revenu s'installer à son bureau, il annonça :

— Bonne nouvelle : vous avez réussi votre premier travail. Cependant, sachez que vous devrez vous surpasser à chaque œuvre.

— Je ferai de mon mieux, promit Botticelli en se levant. Merci.

— Maintenant, allez donc profiter de votre journée de congé. Vous le méritez amplement.

Verrocchio retourna à sa paperasse immédiatement après le départ du peintre.

Après avoir trouvé du papier, Leonardo s'était tout de suite mis à l'ouvrage. Il lui avait fallu plus d'une heure pour réaliser son croquis. Durant ce temps, ses deux amis s'étaient lancés dans un grand nettoyage de l'atelier. Le saccage était moins important qu'il ne l'avait semblé à première vue. En effet, Vito et Vera avaient réussi à sauver plus de la moitié du matériel d'alchimie. Après une fouille minutieuse des lieux, on avait trouvé tous les éléments requis pour la fabrication des trois nouvelles machines que Leonardo comptait concevoir pour identifier le saboteur.

— Alors, s'impatienta Vito, vas-tu nous expliquer comment fonctionne ton truc ?

L'adolescent leva le nez de son croquis. Tout le matériel était disposé sur la table devant lui. Il y avait du bois en bonne quantité, une bouteille de chlorure d'argent, trois miroirs au mercure, une bouteille de poudre noire, des briquets de fer et de silex taillé.

— Nous allons prendre sur le fait notre saboteur, affirma fièrement Leonardo. Grâce aux engins que je fabrique, nous aurons le visage de notre coupable sur papier !

Vito fronça les sourcils. Son ami inventeur était-il devenu fou ?

— Tes machines vont dessiner le visage du coupable ? interrogea Vera d'un air sceptique.

— Bien sûr que non ! répondit Leonardo. Elles copieront son visage de la même façon que le chlorure d'argent a reproduit le visage de la Sainte Vierge sur le sol.

— La lumière passait au travers du visage de Marie, fit remarquer Vito. Notre coupable, lui, n'a sûrement pas un visage de verre. La lumière ne passera pas au travers.

— En fait, au départ, c'était le seul obstacle à mon invention, reconnut Leonardo.

Puis il présenta à ses amis le croquis qui se trouvait sur la table.

— Le fonctionnement de cet engin est rudimentaire, et c'est à l'aide d'une chambre noire que nous obtiendrons une image passablement claire de notre coupable. Le principe d'utilisation d'une chambre noire est simple. Il suffit d'envoyer le reflet d'un miroir concave à l'intérieur d'un compartiment obscur pour obtenir une image inversée. Une planche en bois enduite d'une épaisse couche de chlorure d'argent sera déposée au fond de cette boîte noire. Elle se trouvera à l'endroit exact où le reflet sera projeté. Comme vous l'avez constaté plus tôt, le chlorure d'argent réagit à la lumière. Par conséquent, l'image perçue sera imprimée sur le chlorure.

— Tout ça est merveilleux, lança le maraudeur d'un ton sarcastique, mais comment vas-tu attraper le coupable avec cet appareil ?

— C'est très simple, dit Leonardo. Les trois appareils seront disposés à des endroits stratégiques de l'atelier. Il faut trouver un moyen de déclencher des charges de poudre lorsqu'un individu les approche. Ces charges devront être excessivement dosées. Il faudra une sacrée foudre pour marquer le chlorure en un si court laps de temps. Par chance, j'ai sous la main des copeaux de magnésium. En mélangeant ce magnésium aux charges, nous obtiendrons une lumière particulièrement éblouissante lors de l'explosion. À mon avis, nous devrions exécuter cette opération après le couvre-feu. Normalement, personne n'a le droit de circuler librement dans l'atelier durant la nuit.

— Si je comprends bien, dit Vito, lorsque tu entendras une explosion, tu accourras sur les lieux pour vérifier les planches de chlorure d'argent.

— Quelque chose comme ça, répondit Leonardo.

Le maraudeur dévisagea longuement son ami. Il caressait sa barbe naissante en arborant un air songeur. Après une longue pause, il dit :

— Ça pourrait bien marcher, mon petit Leo. Je vais arranger le coup avec monsieur Verrocchio. En rassemblant toutes les œuvres de valeur au même endroit, nous aurons plus de chances de coincer notre saboteur. Nous devrions lui mettre la main au collet bien vite !

— Au travail alors ! s'exclama Vera en arrachant le croquis des mains de l'inventeur.

Leonardo, Vera et Vito se mirent aussitôt à l'œuvre pour réaliser ce que Leonardo appelait les «phototrans-cripteurs». La conception des engins ne s'avérerait pas trop ardue, mais elle exigerait tout de même un certain temps. Les trois amis en oublièrent même leur promenade en bordure du fleuve. Ils ne sortirent que pour dîner, ce qui ne prit pas plus d'une vingtaine de minutes. Lorsqu'ils quittèrent enfin l'atelier, à la nuit tombée, la création des phototranscripteurs avait été achevée avec succès. Les trois amis apportèrent les appareils avec eux à l'atelier Verrocchio.

Les engins mesuraient environ soixante centimètres de hauteur. Ils avaient la forme de petites pyramides de bois et étaient chapeautés d'une cheminée fabriquée également en bois. Au sommet des cheminées miniatures, il y avait les miroirs concaves qui renvoyaient par un petit orifice leur reflet à l'intérieur de la pyramide.

Vito se chargerait d'installer les appareils le lendemain. Il devrait aussi disposer les charges de poudre. À cet effet, Leonardo avait conçu des torches que Vito n'aurait qu'à accrocher sur les murs environnants. Il ne suffisait que de tirer une corde pour y allumer la poudre. Le maraudeur n'aurait qu'à arranger les cordes de manière à ce que le saboteur s'y prenne, et le tour serait joué. Avec un peu de chance, il n'y verrait que du feu.

18
Le moment de vérité

La journée promettait d'être longue pour Leonardo. Premièrement, les lundis étaient toujours très pénibles pour lui. Deuxièmement, il devrait attendre jusqu'à la tombée de la nuit pour savoir si ses phototranscripteurs fonctionnaient bien.

L'inventeur s'extirpa à grand-peine de sa couchette. Il s'étira en émettant un bâillement si bruyant qu'il réveilla le jeune Lorenzo. Ce dernier bondit de son lit, l'air tout à fait réveillé. Leonardo enviait les réveils faciles de son copain de chambre.

— As-tu bien dormi ? questionna Lorenzo avec un sourire radieux.

— Hum... grogna Leonardo qui fouillait dans sa commode.

Quelques minutes plus tard, les deux compagnons sortirent de leur chambre et gagnèrent la salle à manger. Quelques œufs et du pain frais ne feraient pas de mal à l'élève aux réveils difficiles. En arrivant à l'entrée de la salle à manger, Leonardo aperçut monsieur Verrocchio en pleine discussion avec Vito Pazzi. Le propriétaire de l'atelier ne semblait pas avoir beaucoup dormi. Le pauvre homme devait être trop anxieux pour y parvenir. Il écoutait le maraudeur en hochant la tête. Vito porta son regard vers Leonardo et lui fit un clin d'œil. Cela confirmait que la requête avait été acceptée. À la fin de son entretien avec le maître, Vito s'éloigna rapidement.

Lorenzo avait observé la scène avec un grand intérêt.

— Il se prépare quelque chose, remarqua-t-il.

— Tu n'as pas idée à quel point ! s'exclama l'inventeur en souriant.

Les deux étudiants entrèrent dans la salle à manger où un déjeuner chaud les attendait.

Sandro, Pietro et Alberto de Corleone prenaient place à la même table. Sandro ne semblait qu'à moitié réveillé, comme d'habitude à cette heure.

— Voilà notre saboteur, déclara Botticelli en fixant l'entrée où Leonardo et Lorenzo venaient d'apparaître.

— Depuis l'histoire avec Warress, je dois avouer que je ne lui fais plus trop confiance, émit Alberto. Il est louche.

— Excepté monsieur Verrocchio, personne ne lui fait confiance, renchérit Pietro en avalant une grosse bouchée de pommes de terre.

— Warress portait un grand intérêt à da Vinci, dit Alberto. Il devait avoir des plans pour lui. Ils sont sûrement encore de mèche tous les deux, même à distance.

— J'ai entendu dire que Warress a été vu à Livourne, où il aurait pris un navire pour Paris. Quoi qu'il en soit, il doit être loin d'ici à présent. Ce fou furieux a tout intérêt à se cacher. Sa sale bouille ne passe vraiment pas inaperçue. Si le clergé met la main sur Ferrazini, il est bon pour le bûcher.

— Je crois que personne ne réussira à le capturer, affirma Alberto sérieusement.

— Je me fiche bien de Warress, affirma le peintre. C'est da Vinci le problème. Nous dormirons tous mieux lorsqu'il sera mort.

— Tu le détestes tellement que tu voudrais sa mort même s'il était innocent, dit Pietro à son copain de chambre.

Pietro n'avait pas tort, mais il n'y avait aucun doute dans l'esprit du peintre que Leonardo était le coupable. Botticelli observa l'inventeur quelques instants puis retourna à son assiette.

Le cours de peinture à l'huile s'était plutôt bien déroulé. Depuis l'incident entre Leonardo et Sandro, Andrea avait décidé qu'il était plus sage de séparer les deux étudiants en classe. L'inventeur pouvait donc désormais travailler en toute tranquillité. La classe s'était vidée rapidement, comme c'était toujours le cas à la fin d'un cours. Il ne restait plus que Leonardo et Lorenzo. Celui-ci ne semblait pas vouloir quitter sa toile.

— C'est du beau travail ! dit sur un ton admiratif Leonardo en contemplant l'œuvre du jeune Lorenzo.

— Merci. Ne m'attends pas, je vais continuer encore quelques minutes.

— D'accord. Mais n'oublie pas que nous avons un cours avec le docteur Calvino dans une heure.

— C'est noté! jeta Lorenzo sans quitter son travail des yeux.

— À plus tard! salua Leonardo en quittant la pièce.

L'inventeur traversa la cour intérieure jusqu'au bâtiment des chambres. Il devait aller chercher ses cahiers de notes pour sa prochaine formation. Il n'y avait rien de mieux qu'un cours d'anatomie pour faire passer le temps. C'était l'une de ses formations préférées. Il pouvait s'adonner librement au dessin durant les trois heures qu'il y passait. Et aujourd'hui, Leonardo était impatient de voir la prochaine publication du docteur Calvino. Il s'agirait d'une première publication pour Leonardo, et il l'avait en majeure partie illustrée. Cela n'était pas peu dire pour un étudiant de son âge. L'inventeur grimpa l'escalier et parcourut le corridor jusqu'à sa chambre. Lorsqu'il ouvrit la porte, il sursauta en découvrant Sandro Botticelli assis sur son lit et l'attendant.

— Tu sembles bien nerveux, da Vinci, formula le visiteur d'un air sombre. Aurais-tu quelque chose à cacher?

Leonardo entra et referma la porte derrière lui.

— Je sais que c'est toi qui as saccagé mon atelier, répondit-il.

Le peintre se mit debout et s'approcha d'un pas de son adversaire.

— C'est assez frustrant de savoir quelque chose sans pouvoir le prouver, pas vrai ? grogna-t-il.

— Je te le répète pour la millième fois : je ne suis pas le saboteur ! clama l'adolescent avec impatience.

Sandro vint se poster à quelques centimètres du visage de Leonardo.

— Pour le moment, tu es simplement le gars à qui je vais infliger une sacrée raclée !

— Tu crois que je vais me laisser faire ? s'écria Leonardo en se préparant à sauter au visage de son ennemi.

La porte de la chambre s'ouvrit derrière les belligérants.

— Vous ne pouvez vraiment pas vous en passer ! dit sur un ton excédé Vito en faisant irruption dans la pièce. Il faut vraiment que vous vous battiez tout le temps !

Le maraudeur vint s'interposer entre les deux rivaux.

— Ton ami le rouquin ne peut vraiment pas s'empêcher de venir à la rescousse ! ironisa Sandro. Le petit génie a besoin qu'on le protège, il faut croire.

Vito prit la parole :

— Le rouquin, comme tu dis, t'invite à quitter les lieux au plus vite. Sinon il te bottera les fesses en compagnie du petit génie. Allez, ouste ! Je dois parler à Leonardo.

— Très bien ! obtempéra Sandro. Mais je finirai bien par t'avoir, da Vinci.

Sandro poussa Leonardo contre le mur avant de quitter la pièce.

— Botticelli n'a pas complètement tort, admit l'inventeur. Mon copain le rouquin vient une fois de plus de me secourir.

— Je commence à avoir l'habitude, déclara Vito en haussant les épaules. Viens, allons dîner. Nous devons faire une dernière mise au point pour l'opération de ce soir.

Vera avait rejoint Leonardo et Vito à un petit restaurant réputé, le Toscana, lieu de prédilection de plusieurs gastronomes. En effet, le chef de l'établissement était plutôt doué dans son domaine. Les trois amis profitaient de l'air frais à l'une des tables de la terrasse.

— Donc, récapitulons un peu, débuta le maraudeur. J'ai placé la plupart des objets de valeur dans la salle où sont entreposées les armures. Je n'ai pas été très subtil, il est donc fort probable que notre saboteur m'ait vu faire.

— Les phototranscripteurs ont-ils été difficiles à installer ? demanda Vera.

— Non. Je les ai tous reliés à des systèmes de cordes qui activeront les briquets si quelqu'un les touche. Le premier est rattaché à la porte d'entrée de la salle. Si notre saboteur y pénètre, les phototranscripteurs se déclencheront à coup sûr.

— Excellent! s'exclama Leonardo. Tout semble au point!

Le serveur arriva avec trois assiettes à la main. Il ne semblait pas enjoué par la présence des trois adolescents. L'homme s'attendait sûrement à recevoir un maigre pourboire de leur part. Il déposa les assiettes bruyamment sur la table.

— Je reviens avec votre vin, informa-t-il ses clients avant de s'éloigner.

— C'est quand tout semble vouloir fonctionner à merveille que les choses tournent mal, dit Vito sérieusement.

— Essaie d'être positif, conseilla Vera en souriant.

Son emploi du temps lui ayant fait rater le petit-déjeuner, Vito entama son repas avec appétit.

— D'accord, concéda le chapardeur entre deux bouchées de pâtes, j'essayerai. Maintenant, revenons au plan. Lorsque vous entendrez les explosions des charges, quelqu'un devra aller chercher Andrea.

— J'irai, proposa Vera avec enthousiasme.

— Parfait! s'exclama le rouquin. Leo et moi, nous irons à la rencontre du lascar. Il ne faut pas lui laisser le temps de faire trop de dégâts.

— C'est juste, approuva Leonardo.

Le serveur revint avec trois coupes de vin qu'il déposa sur la table. Le Toscana était l'un des meilleurs endroits pour déguster un bon vin. L'établissement possédait des centaines de bouteilles; de grands crus qui n'avaient rien à voir avec la piquette imbuvable de l'atelier.

— Après notre repas, j'irai faire un tour à l'atelier des frères Pollaiolo. Ils auront peut-être des informations intéressantes pour moi.

— Je l'espère bien, déclara Leonardo en entamant son assiette. Nous nous reverrons donc ce soir.

La nuit était tombée depuis quelques heures. Tout semblait parfaitement tranquille, comme pouvait le constater Leonardo de la fenêtre de sa chambre. Maintenant que l'heure de vérité approchait, il était rongé par le doute. Il espérait que Vito avait installé adéquatement les appareils. De plus, il craignait que l'éclairage fourni par la poudre noire soit insuffisant pour imprégner le chlorure d'argent. Ce ne serait pas la première fois que Leonardo aurait fabriqué une machine qui ne fonctionnait pas. Pour tout avouer, jusqu'à présent il n'avait pas conçu beaucoup d'engins fonctionnels. Cette pensée n'avait rien pour l'encourager.

Leonardo tourna son regard vers Lorenzo. Le jeune garçon dormait paisiblement dans le lit voisin. Contrairement à bien des étudiants de l'atelier, Lorenzo di Credi ne souffrait pas d'insomnie. L'inventeur marcha jusqu'à sa commode, sur laquelle il avait déposé l'épée dont Vito lui avait fait cadeau. Il ouvrit le premier tiroir du meuble et en sortit le livre de la confrérie de la Table d'émeraude offert par Warress.

«Rien de mieux qu'une sombre lecture pour se garder réveillé», songea Leonardo en souriant.

L'inventeur retourna à son lit et alluma quelques bougies. En parcourant les pages de l'ouvrage, il fut rassuré de savoir que le professeur se trouvait loin de l'Italie. Le livre était un mélange de grimoire d'alchimie et d'ouvrage religieux occulte. Il s'agissait d'une preuve incriminante pour l'alchimiste qui comptait mener une guerre contre l'Église catholique.

Leonardo n'avait pas revu Vito depuis qu'ils s'étaient quittés plus tôt au Toscana. Le maraudeur s'était sûrement dissimulé quelque part dans l'atelier, du moins Leonardo l'espérait-il. Des bruits parvinrent aux oreilles de l'inventeur. Il laissa tomber son livre et s'approcha discrètement de la fenêtre. Quelqu'un portant la toge de l'atelier s'approchait de la fonderie. Cette personne ne voulait visiblement pas être entendue. Elle se déplaçait très silencieusement, ce qui était en soi assez incriminant. C'était le saboteur, Leonardo en était convaincu. D'après la direction qu'il prenait, le vandale mordait à l'hameçon comme prévu. «Il n'y a pas de temps à perdre», songea Leonardo. Il se rendit jusqu'à sa commode et agrippa son épée fermement.

Sans plus attendre, l'inventeur quitta la pièce.

Sandro Botticelli avait commencé une autre œuvre immédiatement après la remise de sa toile. De cette façon, le peintre ne risquait pas de manquer de temps et il conserverait de l'avance sur les autres. Il travaillait sur une nouvelle toile qui comportait plusieurs éléments architecturaux. Cette fois, il comptait mettre en pratique toutes les connaissances qu'il avait acquises concernant les techniques de perspective. Andrea Verrocchio s'attendait à ce qu'il se surpasse, et Sandro n'avait pas l'intention de le décevoir. À côté, Pietro dormait paisiblement sur sa couchette. Son ami devait en moyenne dormir douze heures par jour, ce qui paraissait énorme aux yeux de Botticelli. À son avis, la vie était trop courte pour s'adonner si largement à cette pratique paresseuse.

Botticelli sursauta en entendant une détonation en provenance de la cour intérieure. Comme ce fut le cas de la plupart des élèves, Pietro ne s'aperçut de rien. Il continua à sommeiller doucement.

— Mince! s'exclama-t-il en fixant son œuvre.

Sandro avait marqué d'un long trait de peinture noire sa nouvelle toile. Il n'y avait rien là de catastrophique, mais c'était tout de même un ennuyeux contretemps. Botticelli déposa son pinceau et tendit l'oreille. Une deuxième déflagration se fit entendre. « C'est sûrement le saboteur », se dit Botticelli.

— Tu es mort cette fois, da Vinci! grommela le peintre en se levant.

Sandro s'empara de son épée avant de se précipiter hors de la chambre.

Leonardo descendit l'escalier à vis à toute vitesse. Il venait tout juste d'émerger du bâtiment des chambres lorsqu'il entendit la première détonation. Après un bref regard vers l'atelier où étaient entreposées les armures, Leonardo comprit que les choses ne se présentaient pas très bien. La porte avait été littéralement arrachée de ses gonds, ce qui laissait croire que le saboteur devait posséder un certain gabarit. Cependant, le plus inquiétant était certainement la lueur qui éclairait l'intérieur de l'entrepôt. Un feu y faisait rage. Leonardo espérait qu'il n'avait pas été causé par les explosions de la poudre noire, mais c'était probablement le cas. L'adolescent s'approcha rapidement du bâtiment sans quitter des yeux la porte d'entrée. Il y avait bien une autre issue, mais le saboteur devrait enfoncer aussi cette porte s'il voulait sortir. Leonardo se plaqua contre le mur, tout près de l'ouverture. Le coupable pouvait émerger à tout moment. La deuxième puis la troisième détonation se firent entendre.

Leonardo risqua un bref regard dans l'entrepôt. Étrangement, l'endroit semblait vide. Comme il l'avait craint, la salle d'entreposage était bel et bien la proie des flammes. Mais l'incendie n'avait pas été causé par les torches à poudre. Le feu s'était déclaré au fond de la pièce, loin de l'endroit où elles avaient été disposées par Vito. Pour l'instant, le feu ne ravageait qu'une étagère garnie d'armures. Toutefois, il ne tarderait pas à envahir la pièce. Il n'y avait pas de temps à perdre, étant donné que celle-ci renfermait toutes les œuvres les plus précieuses de l'atelier. L'inventeur devait sortir les objets de valeur avant qu'ils ne brûlent. Plus important encore, il devait jeter un œil à l'intérieur des phototranscripteurs.

Leonardo se précipita dans l'entrepôt sans plus attendre. Le coupable avait manifestement trouvé une autre manière de sortir sans passer par la porte. Cela n'avait guère d'importance, car le saboteur était cuit si les appareils avaient correctement fonctionné. L'inventeur se dirigea vers l'engin le plus proche et déposa son arme pour ouvrir l'appareil. Il y avait une petite porte sur l'une des faces de la pyramide, qui permettait d'accéder facilement à la plaque de chlorure. Leonardo regarda à l'intérieur. Le chlorure d'argent avait reproduit quelque chose, mais rien de très concluant. Leonardo pouvait distinguer vaguement un bras tenant une bouteille affichant la croix pattée. Le saboteur s'était sûrement servi d'alcool distillé pour déclencher l'incendie, comme lors des attaques contre les églises. Leonardo venait d'abandonner le premier appareil pour se rendre au suivant lorsqu'il fut interpellé du seuil de la porte.

— Da Vinci! grogna Sandro Botticelli. J'ai toujours su que c'était toi.

Leonardo n'accorda aucune attention au peintre. Il se pencha sur la deuxième machine.

— Ne touche pas à ça! ordonna Botticelli en sortant son épée de son étui. Je ne te laisserai pas me piéger. Éloigne-toi de cet engin!

— Je dois voir à l'intérieur, car l'identité du saboteur se trouve là! expliqua l'inventeur.

— Je n'ai pas besoin d'une boîte pour savoir que tu es le coupable. Ramasse ton épée, da Vinci.

— Nous n'avons pas le temps pour ça! s'écria Leonardo.

— Ramasse-la, répéta Sandro en entrant dans la pièce. Sinon tu mourras sans te battre…

L'inventeur alla récupérer son arme.

— Nous devrions sortir les œuvres de valeur avant, fit remarquer Leonardo à son adversaire.

— Je vais t'envoyer en enfer et ensuite je m'en occuperai, déclara Botticelli dont les yeux scintillaient d'une grande soif de vengeance.

Leonardo prit une pause de duel. Puis il somma son rival :

— Approche, Botticelli, il est temps d'en finir !

Cette fois-ci, le maraudeur n'allait par accourir à son secours. Vito avait certainement été retenu à l'atelier des frères Pollaiolo.

19
S'unir dans l'adversité

Vera monta l'escalier à vis du bâtiment des chambres à toute vitesse. Elle venait tout juste d'entendre l'explosion de la dernière charge de poudre. « Leonardo et Vito doivent être arrivés sur les lieux, désormais », songea la jeune femme. En parvenant au dernier étage du bâtiment, Vera longea la moitié du corridor jusqu'à l'escalier spiral en fer forgé. Cet escalier donnait accès à l'intérieur de la coupole de fer où se trouvaient les appartements d'Andrea Verrocchio. Elle arriva face à la grande porte en bronze du bureau sur laquelle étaient représentés des anges armés de trompettes. Cette œuvre d'art avait été créée par le directeur lui-même des années plus tôt.

Vera frappa une dizaine de fois avant d'obtenir une réponse. Andrea Verrocchio ouvrit enfin la porte.

— Qu'est-ce qui se passe ? s'enquit-il d'un air confus.

— Le moment est arrivé, annonça Vera rapidement. Le saboteur est entré dans l'armurerie.

Les yeux d'Andrea s'écarquillèrent.

— Dépêchons-nous! s'exclama-t-il en enfilant sa robe de chambre.

Leonardo prit les devants dans le combat. Il se lança dans une série d'attaques dont Sandro évita tous les coups. Cependant, ce dernier reprit rapidement le dessus et repoussa son rival vers le fond de la pièce, à proximité du brasier.

— Nous devrions sauver les œuvres! s'écria Leonardo, déjà en sueur.

— Tais-toi donc et concentre-toi! beugla Botticelli.

Le mur qui séparait la salle d'entreposage et l'atelier de céramique s'effondra à la gauche des combattants. Les flammes s'étaient déjà infiltrées à l'intérieur des murs. Si Leonardo et Sandro ne réagissaient pas très vite, l'atelier en entier brûlerait cette nuit. L'inventeur esquiva de justesse l'attaque de Botticelli, dont la lame alla se planter contre le fond de l'étagère en flammes. Leonardo profita de cet instant pour enjamber les restes du mur en ruine. Il atterrit indemne dans l'atelier de céramique. Les flammes avaient maintenant envahi les deux pièces. Dans la salle où se trouvait encore Sandro Botticelli, plusieurs œuvres brûlaient déjà. Verrocchio serait furieux. Après tout, Vito lui avait assuré qu'elles ne risquaient rien. À propos, pourquoi ce dernier se faisait-il toujours attendre? Son aide aurait été bien utile.

Botticelli délogea son épée du brasier, puis vint rejoindre son ennemi dans la pièce voisine.

— Il faut que je vérifie les images de mes machines avant qu'elles ne brûlent! s'exclama Leonardo avec frustration.

D'un mouvement particulièrement brusque, Botticelli planta son épée dans le plancher en bois. Il fonça ensuite vers une longue étagère pleine de poteries au centre de la pièce. Celle-ci était déjà la proie des flammes. Le peintre la renversa en direction de Leonardo. L'inventeur se poussa juste à temps. Le meuble s'écrasa contre le sol dans un fracas à réveiller les morts.

Leonardo tentait de se relever lorsqu'il fut heurté par un vase lancé par son adversaire. Le projectile éclata en l'atteignant à l'épaule. Dans un éclair de douleur, l'inventeur laissa tomber son arme. Décidément, Botticelli n'avait pas un grand respect pour les œuvres des autres. Les belligérants étaient séparés par les débris de l'étagère. Sans perdre une seconde, Leonardo se dirigea en direction de la porte menant à la cour de l'atelier. À sa sortie, il aperçut Verrocchio qui déboulait en hâte du bâtiment des chambres. C'était une bonne chose, car la présence du grand maître calmerait peut-être les ardeurs de Botticelli.

Pour l'instant, l'important était de sauver des flammes les phototranscripteurs. L'inventeur parcourut une partie de la cour et s'engouffra à nouveau dans l'armurerie. L'endroit était devenu un véritable fourneau. Leonardo fut consterné de voir que l'un des deux appareils restants était la proie des flammes. Il était impossible de l'atteindre et, de toute façon, c'était devenu inutile. Dans cette condition, le chlorure d'argent devait avoir entièrement noirci à l'intérieur de l'engin. L'inventeur se jeta sur l'appareil intact et le projeta sans hésitation par la porte défoncée. Après une rapide inspection des lieux, Leonardo soupira. La majeure partie des œuvres entreposées était en flammes. Le plafond émit un craquement inquiétant qui convainquit l'intrépide garçon de détaler à grands pas. Il bondit hors de l'atelier et courut vers le dernier phototranscripteur. Il s'agenouilla près de l'appareil. Il s'apprêtait à l'ouvrir lorsque Botticelli lui flanqua sa lame contre le cou. Dans cette position, Sandro pouvait trancher la gorge de Leonardo sans la moindre difficulté.

— Le combat est fini, da Vinci.

Le directeur de l'atelier arriva enfin sur les lieux, accompagné de Vera et de quelques étudiants. Un peu plus loin, Vito venait de faire son apparition dans la cour. Le maraudeur semblait très essoufflé.

— Ouvrez cet engin, ordonna Verrocchio sévèrement. Dépêchez-vous !

— C'est lui le saboteur ! cria Sandro au maître. Ne lui faites pas confiance !

Verrocchio se rapprocha de la scène, le regard fixé sur le peintre.

— Baissez votre arme tout de suite, Botticelli.

Le garçon obéit sans discuter.

Visiblement exténué, le maraudeur se posta à côté de Leonardo.

— J'en ai appris des belles à l'atelier des frères Pollaiolo, déclara Vito après avoir repris son souffle. Je crois connaître l'identité du saboteur. La preuve se trouve certainement dans le phototranscripteur.

L'air méfiant, Sandro Botticelli fronça les sourcils. Leonardo ouvrit l'engin et examina l'intérieur. Visiblement soulagé, l'inventeur ferma les yeux en laissant échapper un long soupir.

— Regardez ce que nous avons ici! s'exclama-t-il en sortant la plaque de chlorure d'argent de la pyramide.

Il jeta celle-ci par terre en face de Botticelli. Perplexe, le peintre baissa les yeux vers la planche.

— Alberto de Corleone, souffla Botticelli, abasourdi.

L'image était loin d'être claire, mais la silhouette concordait parfaitement. De plus, l'individu imprégné sur la plaque avait les cheveux rasés. Hormis Alberto, personne n'arborait une telle tête à l'atelier. Les cheveux rasés n'étaient pas très populaires à Florence. L'image ne laissait planer aucun doute: Alberto était bel et bien le saboteur. Sur la plaque, on le voyait avec une bouteille à la main; il s'apprêtait à lancer un cocktail explosif.

— Alberto n'a jamais travaillé à l'atelier des frères Pollaiolo, raconta Vito, ni dans aucun atelier, d'ailleurs. En apprenant cela, je me suis décidé à faire quelques recherches sur notre ami de Corleone. Il se trouve qu'il a étudié plusieurs années pour devenir alchimiste. Il avait les connaissances nécessaires pour trafiquer le bronze qui devait servir à fabriquer la sphère. Vous voulez savoir le plus amusant?

— Quoi donc? questionna Botticelli.

— Warress a été son professeur toutes ces années, conclut le maraudeur en souriant.

Le groupe contempla à nouveau l'image d'Alberto. Pendant plusieurs secondes, tous gardèrent le silence autour de la planche de chlorure. Sandro semblait le plus étonné. Depuis le début, il avait fait fausse route.

Pendant ce temps, le brasier continuait de s'intensifier.

— Il faut sauver les œuvres! s'écria Vito en se dirigeant vers l'armurerie.

— Non! objecta Verrocchio. C'est trop tard, il ne reste plus rien à sauver. Mais nous devons éteindre le feu. Il faut réveiller le reste des étudiants.

Vito acquiesça d'un signe de tête, puis il partit en direction du bâtiment des chambres.

Incapable de quitter des yeux l'image d'Alberto, Leonardo se releva. De Corleone l'avait mis dans l'embarras et avait pratiquement ruiné l'atelier.

Botticelli s'approcha du directeur de l'établissement.

— Nous devons empêcher Alberto de fuir. Permettez-moi de l'attraper. Il n'est pas encore au courant que da Vinci l'a démasqué.

Le peintre tourna son regard vers celui qu'il avait mal jugé. Même s'il s'était trompé sur son compte, il n'appréciait pas pour autant l'inventeur.

— Il n'est pas question de le laisser filer, dit le grand maître. Cependant, il faut le capturer en équipe. Il n'aura aucune chance contre vous et Leonardo.

— Excellent! s'exclama Sandro Botticelli.

Sans plus de cérémonie, le peintre s'élança vers les chambres en s'écriant:

— Dépêche-toi, da Vinci! Je ne vais pas t'attendre une éternité!

Les étudiants se précipitaient dans toutes les directions; c'était la cohue totale. Sandro et Leonardo gravirent à contre-courant l'escalier à vis du bâtiment des chambres.

— La chambre d'Alberto est au troisième étage, cria Botticelli. Dépêchons-nous. À la vitesse où se transmet l'information à l'atelier, il saura bien vite que nous sommes à sa poursuite.

— Ce n'est pas faux, admit Leonardo en tentant de suivre le peintre.

Botticelli et l'inventeur arrivèrent au troisième étage. Le corridor était bondé d'étudiants à peine réveillés.

— Vite, tout le monde dans la cour! cria un jeune qui débouchait de l'escalier. Il y a le feu!

Leonardo dit à Sandro:

— Il me faut une arme. J'ai laissé mon épée dans l'atelier de poterie. C'était au moment où tu tentais de me tuer, tu t'en souviens?

— Remettons cette dispute à plus tard, tu veux bien? proposa Botticelli en souriant. Nous réglerons ça lors d'un duel amical. Celui qui mourra sera le perdant, ça te va ?

Leonardo jeta un œil au bout du corridor. À ce moment précis, Alberto sortit de sa chambre. Il s'arrêta brusquement à la vue des deux garçons. Pourquoi Sandro et Leonardo étaient-ils ensemble ?

— Il est là ! s'écria Leonardo en pointant le doigt vers le saboteur.

Les yeux d'Alberto s'agrandirent. L'homme venait de comprendre qu'il était démasqué. Il regagna sa chambre et claqua la porte.

— Bravo pour la subtilité, da Vinci ! grogna Botticelli en se dirigeant vers la chambre du coupable.

Leonardo le talonnait de près. Les compagnons arrivèrent enfin devant la chambre.

— Ouvre, Alberto, ordonna Botticelli, sinon da Vinci va défoncer !

— Comment suis-je censé faire ça ? rétorqua Leonardo en dévisageant Sandro.

— Moi, je m'occupe de l'arme, répliqua le peintre en montrant son épée, et toi, tu t'occupes de la porte. Maintenant, dépêche-toi un peu, tu es aussi lent que ce pauvre Pietro.

Leonardo enfonça la porte d'un seul coup de pied. L'inventeur fut surpris de sa propre force. Même Botticelli cacha difficilement son étonnement. Sandro et Leonardo pénétrèrent dans la pièce. Alberto s'était sûrement caché puisque la pièce semblait vide.

— Botticelli… souffla Leonardo en désignant la commode près de la porte d'entrée.

Il y avait plusieurs cocktails explosifs sur le meuble, prêts à être utilisés. Botticelli fit le tour de la chambre rapidement, l'arme au poing.

— Imagine les dégâts qu'il aurait pu causer avec ces bouteilles, dit-il en regardant sous le lit.

Leonardo se dirigea vers la fenêtre, qui donnait sur la rue. Une longue corde y pendait. Celle-ci était attachée à la tête de l'un des lits.

— Je vois Alberto! rugit Leonardo après avoir regardé dehors.

Sans hésiter, l'inventeur agrippa la corde et se jeta dans le vide sous les yeux étonnés de Botticelli. Sandro se rendit à la fenêtre. Il aperçut Alberto qui disparaissait au coin de la rue. Leonardo venait d'atterrir au sol et s'engageait déjà à la poursuite du saboteur.

— Attends-moi! s'écria le peintre.

— Je ne vais pas t'attendre une éternité! cria Leonardo sans s'arrêter.

Verrocchio avait constitué deux groupes. Le premier formait une chaîne pour transporter de l'eau du puits jusqu'à l'incendie. Le puits se trouvait de l'autre côté de la cour, ce qui compliquait légèrement les choses. Le deuxième groupe tentait d'éteindre le feu en lançant du sable. Vera avait rejoint cette équipe, avec Déborah et Lorenzo di Credi.

— Ne vous occupez pas du centre de l'incendie, cria Verrocchio pour être entendu de tous. Concentrez plutôt vos efforts pour empêcher le feu de s'étendre !

Dans l'atelier de poterie, entièrement ravagé, l'incendie avait enfin été maîtrisé. Cependant, le feu faisait toujours rage dans la salle d'entreposage des armures, et les flammes s'étaient étendues à l'atelier de fonderie. La salle où les ouvriers confectionnaient normalement les moules était sérieusement touchée. Le combustible utilisé pour allumer l'incendie s'avérait redoutablement efficace.

Vito rejoignit le propriétaire de l'atelier.

— Le feu semble diminuer d'intensité, fit remarquer le maraudeur.

— Oui, concéda Andrea Verrocchio. Mais si nous ne le maîtrisons pas bientôt, il pourrait bien se répandre jusqu'au bâtiment des chambres.

— Nous le maîtriserons, monsieur, promit Vito, confiant.

De peine et de misère, Sandro avait rattrapé Leonardo. Alberto maintenait une bonne distance entre lui et ses poursuivants. Le garçon était dans une forme optimale, ce qui n'était pas le cas des deux artistes. À bout de souffle, Botticelli et da Vinci couraient côte à côte. C'était une nuit sans étoiles, et une épaisse couche nuageuse couvrait le ciel. La pluie semblait imminente, ce qui ne serait pas une mauvaise chose pour l'atelier.

— Nous ne le rattraperons jamais, dit Botticelli, fâché. C'est ta faute s'il nous a échappé.

— C'est toujours ma faute avec toi, grogna Leonardo.

Les deux garçons tournèrent un coin de rue et s'arrêtèrent aussitôt. Le saboteur s'était volatilisé.

— Bravo! souffla Botticelli en scrutant la route sombre qui se dressait devant lui. Tu l'as laissé filer.

Leonardo ignora la remarque du peintre. Il s'engagea dans la rue.

— Les choses ne pourraient pas aller plus mal, se plaignit Botticelli.

Comme si le ciel l'avait entendu, il se mit à pleuvoir à verse. Leonardo frissonna, car la pluie était glacée.

— Tu es vraiment une lamentation ambulante, lâcha l'inventeur sans se retourner.

Leonardo vit une ombre immobile dans une ruelle. Sans dire un mot, il signala l'endroit à Botticelli d'un signe de la main. Ce dernier répondit d'un hochement de tête. Le saboteur se croyait dissimulé et attendait certainement que les deux poursuivants s'en aillent.

— Je vais de l'autre côté de la ruelle, chuchota Botticelli très bas, et nous le coincerons.

Le peintre retourna tranquillement sur ses pas avant de disparaître à la première intersection. Leonardo s'avança vers la ruelle. L'inventeur espérait que la pluie battante couvrait assez le bruit de ses pas. L'ombre demeurait toujours immobile, mais son propriétaire

semblait prêter une oreille attentive à ce qui se passait dans la rue. Sandro devait être sur le point d'arriver de l'autre côté. Les deux garçons pourraient bientôt passer à l'attaque.

La pluie tombait à grosses gouttes, mais ce n'était pas suffisant pour éteindre le brasier, car les flammes faisaient rage à l'intérieur du bâtiment. Le toit semblait sur le point de s'écrouler au-dessus de l'atelier, dans la partie où étaient confectionnés les moules d'argile. « Il faut que le toit cède, c'est la seule manière d'étouffer l'incendie », songea Verrocchio en contemplant la scène.

— Vous pensez à la même chose que moi ? questionna Vito.

— Probablement, déclara Andrea. Nous devons faire tomber cette section du toit.

Vito se tourna vers les étudiants qui combattaient l'incendie avec acharnement. Avec cette pluie, la cour était devenue un vrai chantier boueux. Il devenait de plus en plus difficile de se déplacer sans glisser.

— Nous devons faire tomber le toit ! cria le rouquin. Lancez des pierres sur la toiture.

Le directeur encouragea les troupes :

— Le toit est déjà affaibli, nous pouvons y arriver !

Tous les étudiants se mirent à la recherche de pierres. Sans fournir d'explications, Vito s'élança vers le bâtiment des chambres et y pénétra. Les roches commencèrent à fuser contre le toit de l'atelier. Verrocchio jeta un regard inquiet vers le bâtiment des chambres. Vito avait jailli d'une des fenêtres du bâtiment et avançait maintenant sur le toit en direction de l'incendie, armé d'une hache. Il se posta là où les bardeaux étaient noircis. Il se trouvait juste au-dessus du mur qui séparait l'atelier de moulage des salles de cours. Le maraudeur se mit à l'œuvre en administrant de puissants coups de hache sur la toiture. Cela était extrêmement dangereux, mais il devait à tout prix sauver l'atelier. Après dix minutes d'acharnement, le toit fendit et s'écroula. Par la suite, il ne fallut que quelques minutes à la pluie pour éteindre les flammes. Vito s'étendit sur la toiture ; son acte téméraire l'avait épuisé.

L'atelier était sauvé. L'ensemble des étudiants y alla d'une chaude main d'applaudissements en l'honneur du maraudeur.

Leonardo vit que l'ombre dans la ruelle jetait un regard derrière elle. Alberto devait avoir aperçu Botticelli. L'inventeur se jeta dans l'embouchure de la ruelle. La route étant barrée dans les deux directions, Alberto se retrouvait coincé.

— Nous savons que c'est toi, Alberto, dit Leonardo au saboteur qui se trouvait à quelques mètres de lui.

— Où as-tu dissimulé le bronze ? interrogea Botticelli qui s'approchait à pas lents du coupable. Ne nous force pas à te faire parler !

Alberto songeait à une stratégie pour prendre la fuite. Il décida de s'élancer du côté de Leonardo, ce qui représentait un choix judicieux. Après tout, l'inventeur n'était pas armé, sans compter qu'il était beaucoup plus petit que son partenaire. Le saboteur fonça donc dans la direction choisie, jetant son adversaire sur le sol boueux de la rue. L'inventeur eut le souffle coupé ; malgré tout, il se remit sur pied en quelques secondes. Il bondit ensuite sur le dos du fuyard, qu'il tenta maladroitement d'étrangler. Alberto souleva Leonardo sous les bras et le projeta un peu plus loin. Pour un garçon costaud comme le forgeron, Leonardo ne pesait pas plus qu'une plume. Cette fois, la chute fut douloureuse pour l'adolescent, qui leva les yeux vers son adversaire. Le regard d'Alberto ne laissait entrevoir rien de bon : il affichait un sourire à glacer le sang.

— Ne te mets pas en travers de mon chemin, Leonardo, menaça Alberto, sinon tu le regretteras !

Leonardo se releva rapidement et administra à l'autre un coup de poing dans l'estomac. Malheureusement, l'attaque fut inutile. Le ventre du saboteur était dur comme le roc, résultat d'un entraînement intensif. Alberto s'apprêtait à infliger à son adversaire la raclée de sa vie lorsque Botticelli intervint. Le peintre lui fit sa clé de bras légendaire. Alberto tomba à genoux dans un cri de douleur perçant. Il tenta en vain de se défaire de l'emprise de son attaquant, mais bien vite la douleur fut trop vive.

— Ne m'oblige pas à te déchirer des ligaments, dit Sandro sérieusement. Cela ne me ferait pas plus plaisir qu'à toi. Plus vite tu parleras, plus vite je te lâcherai.

Alberto rugit. Sandro haussa les épaules avant d'accentuer son emprise sur le bras du saboteur.

— Arrête ! cria Alberto dans un hurlement de souffrance. J'ai enterré les deux tonnes de bronze sous le plancher de l'entrepôt de l'armurerie. Lâche-moi maintenant !

— Pourquoi as-tu saboté les œuvres de l'atelier ? demanda Leonardo. Quelles étaient tes intentions ?

Alberto braqua un regard haineux sur l'inventeur. Il n'avait pas l'intention de lui révéler quoi que ce soit. Sandro serra davantage sa prise.

— Tu pourrais bien garder de sérieuses séquelles si tu ne parles pas rapidement, prévint le peintre.

— C'était pour te forcer à quitter l'atelier, da Vinci, avoua le coupable. Je devais te faire porter le chapeau.

— Tu devais ? répéta l'inventeur, surpris. Sur les ordres de qui opères-tu ?

— J'agissais sous les ordres de Warress, en échange d'une formule d'alchimie, exposa brièvement Alberto. Il savait que si tu quittais l'atelier tu finirais inévitablement par devenir son apprenti.

— Et de quelle formule s'agissait-il ? interrogea Leonardo, curieux.

— Celle qui transforme le plomb en or pur !

L'inventeur réprima un sourire. La situation était trop pathétique pour en rire.

— Une telle formule n'existe pas, Alberto, émit-il. Tu as fait tout ça pour rien. Et même si cette formule existait, Warress ne te l'aurait jamais donnée. Il s'est tout simplement servi de toi.

Le saboteur ne répliqua rien, mais son regard venimeux en disait beaucoup.

— Alors, Alberto, ça s'est plutôt bien déroulé, non ? se moqua Sandro.

Puis il relâcha légèrement sa prise.

— Debout ! ordonna-t-il. Nous retournons à l'atelier. Pour ta propre santé, tu as intérêt à ce que le bronze se trouve là où tu l'as dit.

20
Se remettre en selle

Une semaine s'était écoulée depuis l'incendie. Les choses commençaient à revenir à la normale à l'atelier. Ainsi que l'avait affirmé Alberto, le bronze avait effectivement été enterré sous le plancher de la salle d'entreposage des armures. Bientôt, les ouvriers concevraient un nouveau moule pour la sphère. Cette fois, la conception de celle-ci devrait se dérouler sans problème. C'était un énorme soulagement pour le directeur de l'atelier. L'année avait connu un début difficile, mais avec un peu de chance les affaires reprendraient vite.

L'histoire du pauvre Alberto était regrettable. Le garçon s'était laissé embobiner par les promesses mensongères de l'alchimiste en fuite. Malgré tout, il devrait payer sévèrement son association avec Warress. La nuit même de l'incendie, des membres du clergé étaient venus le chercher. On ne risquait pas de le revoir, sauf peut-être sur un bûcher. Andrea Verrocchio tentait de chasser ces idées de son esprit. Malgré tous les dégâts causés par le garçon, le vrai coupable était Warress Ferrazini.

Andrea observait de l'intérieur les réparations de l'atelier. La nouvelle structure en bois était entièrement installée. Vito fit irruption dans la cour et se dirigea sans empressement vers le grand maître.

— Bonjour ! La reconstruction se déroule plutôt bien.

— En effet, déclara le directeur en souriant au garçon. Nous avons une grosse dette envers vous, monsieur Pazzi. Sans votre aide, l'atelier aurait probablement entièrement brûlé.

— Peut-être, déclara Vito tranquillement. Malgré tout, vous avez beaucoup perdu dans cet incendie. Les deux ateliers de forge ont brûlé, et aussi toute la section consacrée à la poterie. Pour finir, nous n'avons pas réussi à sauver les œuvres que nous avions entreposées pour leurrer le saboteur.

Verrocchio afficha un étrange sourire.

— Ces différentes sections de l'atelier avaient grand besoin de rénovations. Quand les réparations seront achevées, nous aurons la meilleure forge de Florence. De plus, je compte agrandir l'atelier de poterie. Les ouvriers se plaignaient depuis longtemps de l'étroitesse des lieux. En quelques mots, c'est un mal pour un bien. Nous aurons le plus magnifique atelier de la ville.

Vito haussa les épaules. C'était une façon de voir les choses.

— Vous avez tout de même perdu des œuvres de valeur. Il devait y en avoir pour des milliers de florins.

— En fait, nous n'avons rien perdu. J'avais loué les services de quelqu'un pour vider l'entrepôt après votre passage. Peu avant l'incendie, toutes les œuvres ont été remplacées par des peintures de formation, sans grande valeur.

Le maraudeur cachait difficilement sa surprise.

— Ce type a pénétré dans l'entrepôt sans actionner les appareils ? Comment a-t-il pu remplacer tous les tableaux sans se faire prendre ? À mon avis, c'est pratiquement impossible.

— Il faudrait plutôt dire : «Comment a-t-elle pu ?» corrigea Verrocchio, car il s'agit d'une femme. Déborah travaille toujours dans la plus grande discrétion. C'est la raison pour laquelle je l'ai chargée de ce travail.

— Déborah ! s'écria Vito, sidéré.

— Ne soyez surtout pas jaloux, dit le directeur en riant. Elle vous tient en grande estime. J'irais même jusqu'à dire que son cœur vous est acquis !

Vito se sentit rougir. Décidément, la belle Asiatique représentait encore un bien grand mystère pour lui...

Sandro prenait place en face d'une toile, dans la classe de peinture à l'huile. Le cours était terminé depuis une vingtaine de minutes, mais l'artiste travaillait encore. Depuis l'incendie, le peintre avait entrepris plusieurs nouveaux projets. Dans les années à venir, il comptait révolutionner le monde artistique, rien de moins.

— C'est vrai que tu as fait équipe avec Leo pour capturer Alberto ? interrogea Vera qui venait de faire irruption dans la pièce.

Sandro quitta son travail des yeux pour regarder la jeune femme.

— C'était une obligation imposée par Verrocchio, répliqua Botticelli. J'aurais attrapé Alberto tout seul.

— C'est exactement ce que Leonardo affirme, déclara le modèle en souriant. Il dit qu'il n'y serait jamais arrivé sans toi.

Après quelques instants de silence, Sandro formula :

— Puisqu'il le reconnaît, je ne vais certainement pas le contredire.

Un jour, il arriverait peut-être à s'entendre avec l'inventeur, mais ce jour n'était pas près d'arriver. À son avis, Leonardo ne méritait toujours pas sa place à l'atelier.

— Tu veux aller manger quelque chose ? proposa timidement Vera.

Botticelli parut méfiant durant un bref moment. La ravissante jeune femme n'avait pas l'habitude de l'inviter à faire quoi que ce soit. En général, elle évitait même son contact. Il aurait pu s'agir d'un coup tordu organisé par Leonardo, dans le but de l'humilier. Cependant, Sandro Botticelli voyait bien mal Vera participer à une telle mascarade.

— Que me vaut cet incroyable honneur ? questionna le peintre, surpris.

— J'ai faim, lança Vera en souriant.

Cette réponse amusa Botticelli.

— Ça me paraît une bonne raison ! Mais c'est moi qui invite.

Sandro Botticelli laissa son travail de côté. Lui et sa compagne quittèrent la classe.

Après le cours de peinture, Leonardo avait tout de suite foncé à son atelier accompagné de Lorenzo di Credi. Les heures qu'il y passait était loin d'être une perte de temps. À sa grande surprise, Andrea Verrocchio l'avait informé que sa dernière invention, le phototranscripteur, constituerait un excellent travail à remettre. Cette nouvelle avait enlevé un poids énorme sur les épaules de l'étudiant. Le directeur de l'atelier l'avait informé qu'il pourrait présenter ses futures inventions comme travaux à remettre. C'était, après tout, sa manière à lui d'illustrer son talent artistique et son imagination.

Puisqu'il avait remis son travail, Leonardo pouvait maintenant s'occuper de la reconstruction de l'Aves 3. Lorenzo avait accepté de lui donner un coup de main. Il était assis à la table et examinait avec beaucoup d'attention les croquis réalisés par Leonardo. Cette fois, l'adolescent comptait décoller à même son atelier. Pour ce faire, il enlèverait l'imposant vitrail circulaire. De plus, il planifiait concevoir un rail de lancement qui permettrait à l'appareil de passer par l'ouverture béante. L'idée était certes excellente, mais encore fallait-il que l'appareil fonctionne.

— Même tes dessins pourraient constituer d'excellents projets pour l'atelier, affirma Lorenzo, impressionné. C'est du très beau travail. Tu as acquis énormément d'expérience depuis ton arrivée.

— Venant de ta part, ce compliment est très flatteur, déclara Leonardo qui sciait du bois de l'autre côté de la table.

— Ton talent est différent de celui des autres artistes de l'atelier. Tu dois seulement parvenir à t'adapter et tu gagneras le titre de grand maître.

On frappa trois fois à la porte d'entrée de l'immeuble.

— C'est sûrement Vito, dit Leonardo avant de s'engager dans l'escalier. Il m'a dit qu'il viendrait faire un tour.

Leonardo n'aperçut personne à son arrivée en bas. Cependant, il découvrit une enveloppe qui avait été glissée sous l'embrasure de la porte. Son nom figurait dessus ; l'écriture lui parut étrangement familière. L'inventeur ouvrit le pli sans plus attendre.

Mon cher Leonardo,

Cette lettre devait vous être envoyée dans l'éventualité où vous démasqueriez ce niais d'Alberto. Je vous offre donc mes félicitations pour cette victoire. Vous venez d'accéder à une nouvelle étape en vue de votre adhésion à la confrérie de la Table d'émeraude. Il n'est pas facile d'entrer parmi nos membres et parfois, comme c'est le cas ici, vous n'avez guère d'autre choix. Le processus de votre adhésion est entamé et personne ne peut rien y changer. La sécurité de votre famille et celle de vos amis dépendront désormais de votre conduite.

Vous serez à jamais mon élève favori. Votre avenir est, de l'avis de tous, fort prometteur. Nous nous reverrons très bientôt.

Votre ami,
Warress Ferrazini

Leonardo remit la lettre dans son enveloppe, qu'il glissa dans la poche de sa toge. La missive était empreinte d'une menace évidente, et l'alchimiste semblait sérieux dans ses intentions. Pour l'instant, Leonardo décida de garder sous silence l'existence de cette lettre ; c'était plus prudent. Il ne pouvait nier l'incontournable vérité : il n'en avait pas fini avec l'alchimiste fou. Warress Ferrazini avait l'œil sur lui et sur ses amis. Un jour ou l'autre, Leonardo devrait inévitablement faire face à la confrérie de la Table d'émeraude et à son chef. Le jeune homme remonta l'escalier en arborant l'expression la plus normale possible.

— Ce n'était pas Vito ? questionna Lorenzo en levant les yeux des croquis.

Leonardo haussa les épaules en s'approchant de la table.

— Non. Seulement quelqu'un qui s'est trompé d'adresse.

L'inventeur se remit au travail, l'esprit encombré de questions…

Achevé d'imprimer
en juillet 2011 sur les presses de
Transcontinental Gagné

Imprimé au Canada — Printed in Canada